La Saga des Wingleton

Tome 2 : Darren

Lola Blood

LA SAGA DES WINGLETON

Tome 2 :

DARREN

Lola Blood

www.soromance.com

Chapitre 1

Une détonation résonne au loin, des cris se font entendre et des gens courent partout. Voici la scène qui se déroule devant Darren. Il cache une enfant derrière lui et tient un homme au bout de son revolver. L'homme se précipite sur Darren en hurlant. Ce dernier dit à la fillette de fermer les yeux et tire. L'inconnu tombe à terre dans une mare de sang. Plein d'hommes en noir apparaissent autour de Darren, il y en a même un qui récupère la fillette. Tout le monde monte dans des voitures et se dirige vers un hôtel de luxe. La petite descend et se rue dans les bras d'un homme en pleurant. Ce dernier s'approche de Darren et lui serre la main.

— Merci de me l'avoir ramenée... et le kidnappeur ?

— Mort, Monsieur.

— Très bien, bon boulot !

Darren remonte dans sa voiture et roule en direction d'un appartement situé à Houston. Il arrive devant et son téléphone se met à sonner. Lorsque Darren décroche, il entend une voix grave au bout du fil.

— Darren ? Une nouvelle mission pour toi, mais un peu hors du commun...

— C'est-à-dire ? Ne me dis pas que je vais devoir protéger une gamine « *people* », ou encore une starlette ?

Darren commence à s'énerver, mais s'aperçoit également que ses voisins commencent à sortir la tête de leur appartement. Il se calme et entre dans l'immeuble. Darren explique à son interlocuteur qu'il le rappelle dans cinq minutes. Il regarde sa boîte aux lettres et prend son courrier. Une fois dans son appartement, il rappelle son interlocuteur.

— Coll ? C'est moi ! C'est quoi cette histoire ? Je ne fais pas dans les *people*, tu le sais très bien !

— Je sais, mais c'est juste un dépannage. Je t'en supplie, c'est l'histoire de deux mois... il faut tout un système de sécurité sur place et pour les déplacements de la fille.

— Elle a quel âge ?

— Elle a 23 ans et c'est une mannequin. Je sais que tu n'acceptes pas, mais là... je ne te demande jamais rien et... sinon je dois annuler les vacances avec ma fille pour m'en occuper. Je ne vois jamais ma gamine, je t'en prie...

— OK, c'est bon, envoie-moi toutes les infos par mail et je m'y présente demain matin à la première heure !

— Tu es vraiment un ami... merci beaucoup, Darren !

— Tu as intérêt à profiter des vacances avec ta fille ! Et tu me revaudras ça ! Je vais devoir me coltiner une gamine, et qui plus est, une starlette !

Darren raccroche, enlève sa veste costard et allume son ordinateur de travail. Il regarde le mail de Coll. Demain matin, il doit se rendre en Floride, plus exactement à Panama City. C'est là que vivent Kelly Lingland et son père, Charles Lingland. Kelly est une mannequin depuis l'âge de quatre ans, une vraie petite célébrité et une enfant gâtée. Son père lui laisse tout passer depuis son plus jeune âge. Elle a perdu sa mère alors qu'elle n'avait que dix ans, une terrible épreuve qu'elle a réussi à surmonter. Monsieur Lingland demande un service de sécurité de pointe pour sa fille. Darren ouvre les pièces jointes et découvre un plan de la maison, du moins, de la villa et du jardin. Il ferme son pc en soufflant, se dirige vers un coffre et l'ouvre. Dedans, il prend une mallette et y met ces différentes armes, des recharges, des papiers, de l'argent. Il prend dans ses mains un écrin et l'ouvre. À l'intérieur, il y a une bague, elle est somptueuse. Dotée d'un magnifique diamant, elle brille de mille feux. Darren grince des dents et la jette à l'intérieur.

— Plus jamais aucune femme dans ma vie !

Darren va dans sa chambre préparer sa valise de vêtements et appelle un taxi. Il veut être sur place le plus vite possible. La route est assez longue et il décide de s'arrêter en chemin pour dormir. Une fois seul dans sa chambre d'hôtel, il revoit toutes les informations de sa mission, les habitudes de la jeune fille, son emploi du temps et les gens qu'elle côtoie.

Au petit matin, il se présente à la villa de Monsieur Lingland.

— Bonjour, je m'appelle Pierrick, je suis le chef du personnel. Monsieur Lingland va vous recevoir.

— Bonjour, très bien, je vous suis.

Darren arrive dans un bureau où un homme d'une cinquantaine d'années se lève et lui tend la main.

— Bonjour, vous êtes Monsieur Wingleton ? Darren Wingleton ?

— Bonjour, c'est exact. Coll Farm m'a indiqué qu'il vous fallait une équipe de sécurité en urgence. C'est ce que j'ai cru comprendre. Dans ce cas, je vais assurer ce service pendant deux mois et après il reviendra.

— Très bien, Monsieur. Dites-moi ce qu'il vous faut et après je vous présenterai ma princesse.

— Votre princesse ?

— Oui, ma fille, Kelly. C'est elle que vous devez protéger vingt-quatre heures sur vingt-quatre et sept jours sur sept !

— Oui, c'est ce que mon équipe fera ! Je vais faire le tour du propriétaire et reviendrai voir votre fille.

Darren prend congé et fait le tour de la villa. Il rencontre le jardinier, l'homme qui s'occupe de l'entretien de la piscine, une des femmes de ménage et la cuisinière. Il regarde également si le système de caméras et d'alarmes est à la pointe de la technologie. Monsieur Lingland a mis à sa disposition un bureau. Il rassemble son équipe et distribue le matériel dont des *talkies* pour pouvoir parler entre eux. Il compose également les équipes, lui se trouve dans celle de soirée et de nuit. Il rentre dans la salle à manger et voit Monsieur Lingland se précipiter vers lui.

— Ma fille arrive, je vais vous la présenter !

Darren entend des marches grincer, lève la tête et voit la jeune fille en question, une magnifique jeune femme de 23 ans, blonde, yeux bleus. Elle doit mesurer au moins 1m80, est très grande et mince, presque maigre. Darren remarque bien que le regard de la jeune fille se porte sur lui et ce dernier est bien insistant. Darren a l'habitude. Il le sait. Son physique fait partie de son travail, donc il s'entretient. On lui a toujours dit qu'il était bel homme, mais il est là pour le travail et, en plus, il ne veut pas de femme dans sa vie. Kelly descend et tend une main vers lui.

— C'est donc vous mon garde du corps personnel ?

— Je suis le chef de votre service de sécurité, Darren.

— C'est tellement solinel ces présentations !

— On dit « solennel », ma chérie...

— Ouais, peu importe, j'ai faim, papa !

— Oui, oui, tu peux aller déjeuner, c'est prêt.

La fameuse Kelly s'en va et le père de cette dernière regarde Darren.

— Voilà ma fille, vous pouvez me demander ce que vous voulez, mais évitez de la déranger, elle a besoin de beaucoup de repos. Entre ses défilés et ses photos, elle est très fatiguée.

— Je n'en doute pas. Je ne la dérangerai pas, ne vous inquiétez pas !

Darren regarde Charles Lingland s'éloigner. Il sort dehors et envoie un SMS à son ami Coll :

Darren : *Merci pour le plan... tu me revaudras ça ! Passe de bonnes vacances avec ta puce. À plus, Darren.*

La journée se passe et Darren prend ses repères. Ce dernier examine toute la maison et se rend compte qu'il y a un second étage, mais monsieur Lingland lui interdit d'y aller.

— Il n'y a rien d'intéressant en haut, vous n'avez pas besoin d'y aller, on n'y stocke que des vieilleries !

— Comme vous voudrez, mais j'aime bien examiner toutes les pièces.

— Croyez-moi, il n'y a rien à voir en haut !

Darren n'insiste pas et demande le programme de la soirée et de la nuit. Charles lui annonce que sa fille va juste au cinéma avec une amie et se couche tôt, car elle doit faire des photos le lendemain.

— Bon, demain matin, ce sera une autre équipe qui viendra avec vous !

— Ce n'est pas vous ?

— Non, je vais la suivre ce soir et je reste debout jusqu'à cinq heures. Ensuite, mes collègues prennent la relève. Il faut que je me repose un peu, quand même.

— Oui, je suis désolé, excusez-moi.

— Pas de souci !

Le soir même, Darren attend Kelly dans l'entrée pour la suivre au cinéma. Cette dernière descend les marches. Quand elle arrive à la hauteur de Darren, elle se tourne et remonte ses cheveux.

— Tu peux m'aider à fermer ma robe, je n'y arrive pas !

Darren voit la fermeture éclair de la jeune fille au creux de ses reins. Il respire un grand coup et la lui remonte. Elle se tourne et le regarde dans les yeux.

— Hum, des mains très viriles… Je ne vais pas fermer mes yeux, sinon je n'ose imaginer ce que je pourrais voir… tes mains ailleurs que là...

— Pouvons-nous y aller, madame Lingland ?

— Allons, Darren, je m'appelle Kelly. Oui, on y va !

La soirée se passe avec plein de sous-entendus de la part de Kelly et plein de soupirs de la part de Darren. Une fois entrée, elle va jusqu'à lui proposer de la raccompagner dans sa chambre.

— Vous devez vous lever tôt, mademoiselle. Bonne nuit !

Il la laisse et sort retrouver son équipe. Il rejoint Luc et Micka. Ce dernier le regarde en rigolant.

— Alors, tu as une touche ?

— Fermez-la ! C'est dingue, c'est une nympho, cette gamine. Je n'ai jamais vu ça !

— Elle ne t'a pas lâché de la soirée.

Le reste de la nuit passe et l'heure de débauche arrive. Darren rejoint la chambre qui lui a été attribuée. Lorsqu'il rentre, il ferme la porte à clé. Il passe sous la douche et va se coucher. Vers sept heures du matin, il entend du bruit, mais se doute que c'est Kelly et son père qui se préparent pour aller à la séance photo prévue pour le matin. Il se rendort.

Vers dix heures du matin, il fait un immense bond dans son lit. Une puissante musique le réveille. Il attrape son *talkie* et contacte sa deuxième équipe.

— Mais c'est quoi ce bordel ?

— On ne sait pas, patron. Il semblerait que la musique résonne dans toute la maison ! On va trouver, ne vous inquiétez pas !

— J'arrive ! Prévenez Luc et Micka !

Darren s'habille en vitesse, attrape son arme et sort de sa chambre. Il rejoint l'équipe dans la salle à manger.

— Teri ? Karl ? Ça vient d'où ?

— On ne sait pas, patron. On a cherché partout !

Darren voit Luc et Micka arriver en courant.

— Heu... on a trouvé, venez voir !

Darren et son équipe arrivent au niveau de la cuisine. Ils découvrent une jeune fille rousse. Elle est vêtue avec un simple tee-shirt qui lui tombe sur l'épaule et une culotte. Elle danse et chante en préparant son petit déjeuner. Elle se retourne d'un coup et se trouve face aux cinq hommes. Elle leur sourit et baisse la musique.

— Salut ! Vous êtes qui ?

Darren fait signe aux autres de sortir et il s'approche d'elle. Il fait très attention et garde une main sur son arme. Elle le voit faire et sourit une nouvelle fois.

— Vous pensez sincèrement que je vais faire le poids avec une orange ?

— Vous êtes qui ?

— Je pense que je vous ai posé la question en premier et, vu que vous êtes chez moi, je suis en droit d'obtenir la réponse tout de suite !

— Chez vous ? Nous sommes chez les…

— Lingland ? Oui, je sais. Ils n'ont pas dû parler de moi, on ne parle pas du vilain petit canard, mais j'existe ! Je m'appelle Hope, Hope Molit.

— Non, effectivement, on ne m'a pas parlé de vous ! Je m'appelle Darren, je suis le chef de la sécurité de madame Kelly Lingland !

— Ma chère demi-sœur se paie un nouveau garde du corps ? Combien de temps allez-vous tenir ?

— Votre demi-sœur ?

— Oui, nous avons la même mère, mais pas le même père et je dois dire qu'entre mon beau-père et moi, ce n'est pas l'amour fou. La preuve : je ne dois pas être à la maison à certains horaires pour ne pas perturber ma demi-sœur. Nous ne sommes pas toutes destinées à une vie de princesse. Tout le monde n'est pas né pour être mannequin !

Darren la détaille discrètement. C'est une magnifique jeune femme. Elle doit avoir environ 27-28 ans. Elle est rousse aux yeux verts, très fine et pas très grande. Elle se rapproche de Darren.

— Comme vous pouvez le constater, je ne suis pas faite pour cette vie-là, mais ça me va très bien ! En tout cas, je suis vraiment désolée de vous avoir dérangé avec ma musique. J'étais en soirée cette nuit et la musique était encore dans ma tête. Je finis mon petit déjeuner et vous laisse tranquille.

— Vous ne me dérangez absolument pas, vous êtes ici chez vous. Je vais juste avoir besoin d'un planning pour gérer les allées et venues de...

— Je vous arrête tout de suite, je ne fais que passer dans cette maison. Je ne vais certainement pas vous faire un planning !

Hope prend son orange, remonte le son et sort de la cuisine. Elle monte les marches et va jusqu'au deuxième étage. Une fois dans sa chambre, elle finit son orange et se déshabille. Elle entend quelqu'un qui frappe à sa porte, mais ne répond pas. Elle fonce sous la douche et continue de chanter. Au bout de dix minutes, elle sort, se maquille légèrement et va s'habiller. Elle attrape un sac et sort de la chambre pour se retrouver nez à nez avec Darren.

— Vous ne lâchez jamais, vous ?

— Quand il s'agit de mon travail ? Jamais ! Je veux juste savoir quand vous êtes ici à peu près.

Au même moment, la musique se coupe et elle entend son nom. Celui-ci est hurlé dans toute la villa. Elle descend les marches et se retrouve face à sa demi-sœur et son beau-père.

— Je t'ai déjà dit quoi, Hope ? Je ne veux pas de musique à fond dans la villa, cela pourrait perturber Kelly ! Elle n'est pas habituée à une musique de sauvage comme ça !

— Ha non, je veux bien te croire, elle est habituée à d'autres sons !

— Tu n'es qu'une sale...

— Pas de vulgarité, ne t'abaisse pas à son niveau.

Au même moment, Darren fait son entrée et regarde Charles.

— Je vous avais dit de tout me dire. Pourquoi ne m'avez-vous pas parlé d'elle ?

— Elle n'est jamais là, ce n'est qu'un coup de vent dans la maison !

Charles regarde Hope.

— D'ailleurs, je t'avais dit de rester dans la dépendance. Tu n'es pas censée rentrer dans la maison. Tu dois rester dans la dépendance avec un accès à la piscine, c'est tout !

— Problème d'eau chaude dans la dépendance, donc douche ici ! Je vous rappelle à tous les deux que je suis propriétaire à vingt-cinq pour cent de la maison également !

— Peut-être, mais nous avons les soixante-quinze pour cent restants et mon père t'a dit de rester dans la dépendance !

Hope regarde Kelly. Cette dernière la toise de toute sa hauteur. Elle jette, également, un regard aguicheur à Darren. Hope soupire, prend son sac et sort de la maison. Elle monte de sa voiture, mais au moment de démarrer, elle voit un homme devant sa voiture, Darren. Ce dernier se rapproche de la vitre.

— Je dois vraiment voir avec vous pour...

— Oui, je sais, mon emploi du temps et autres !

Hope fouille dans son sac et tend une carte à Darren.

— Dessus, il y a mon numéro de téléphone et les coordonnées de mon entreprise. Dès que vous pouvez, passez et je vous accorderai du temps pour en parler. Là, je dois absolument aller travailler.

— D'accord, je passerai.

Hope démarre et sort de la propriété en laissant Darren sur le pas de la porte. Il sent une main qui se pose sur son épaule.

— Darren ? Je dois aller faire du shopping, il faudrait que tu viennes avec moi !

Darren enlève la main de Kelly de son épaule et la regarde.

— Madame Lingland, ce n'est pas moi qui m'occupe de votre sécurité. Je reprends à 14h. Voyez ça avec Teri et Karl !

— Allons, je m'appelle Kelly. Arrêtez de me donner du « madame », je n'ai que 23 ans !

Darren la laisse et part voir ses collègues. Ces derniers rigolent.

— Elle est vraiment accro, la gamine !

— Tu as déjà vu une femme qui ne soit pas accro à Darren ?

— Teri ? Karl ? Vous pouvez éviter de parler de moi quand je suis là ?

Les trois collègues rigolent entre eux et Darren annonce qu'à midi il doit se rendre en ville. Il indique également que Kelly doit faire du shopping, donc il faut assurer sa sécurité.

Chapitre 2

En plein centre-ville, un petit local est grand ouvert et de la musique s'échappe. Darren regarde la carte qu'il a dans sa main. C'est bien la bonne adresse. Il sort de la voiture et regarde la devanture. C'est très coloré et festif. Il entre et se retrouve face à un homme.

— Bonjour, je peux vous aider ?

— Je m'appelle Darren, je viens voir Hope Molit.

— Vous aviez rendez-vous ?

— Disons qu'elle m'a laissé sa carte et m'a proposé de passer quand je voulais...

— Bon... montez, son bureau est en haut. Suivez la musique !

Darren lève un sourcil, mais fait ce que l'homme lui dit. Il monte les marches et, une fois arrivé en haut, il ne peut s'empêcher de sourire. Hope est devant lui en train de danser tout en écrivant sur un tableau. Elle se retourne et le voit. Elle éteint la musique.

— Mais j'avais raison ce matin, vous ne lâchez jamais l'affaire !

— Je suis très professionnel, mademoiselle Molit !

— J'ai compris, je peux faire une pause d'une demi-heure. Vous voulez manger un morceau ?

Darren est un peu déconcerté, il n'était pas venu pour déjeuner avec elle, il voulait juste des infos.

— Je ne veux pas que votre patron vous le reproche.

Hope rigole et lui montre l'enseigne de l'entreprise. Darren la lit à haute voix.

— Molit Diamant ? Mais alors, c'est votre entreprise ? Pourquoi diamant ?

— Oui, c'est moi le patron, enfin la patronne, donc ne vous inquiétez pas pour ça ! Pour le mot diamant...

— Je comprends, c'est personnel et ça ne me regarde pas. Je ne suis pas là pour ça de toute façon.

Hope attrape son sac et sa veste, descend les marches. Elle regarde l'homme qui est debout derrière un comptoir.

— Pierre ? Tu peux aller chercher les nappes pour cette après-midi ? Je n'en ai pas pour longtemps.

— Bien sûr, Hope. Tu reviens vers quelle heure ?

— J'en ai pour une demi-heure maximum.

Hope sort et voit Darren la suivre.

— Bon, vous êtes quoi ?

— Comment ça ?

— Nous n'avons que des bons restaurants dans la rue. Japonais, italien, marocain ou français ? Alors ?

— Sincèrement, comme vous voulez !

— Il faut se laisser aller, vous avez l'air tendu ! Je sais que travailler pour ma demi-sœur n'est pas facile, mais elle n'est pas là ! On se décontracte !

Darren la regarde. Il est très interloqué par le comportement d'Hope.

— Dans ce cas, je vais choisir français.

— Très bon choix. Ce doit être un magnifique pays !

— Je vous le confirme !

— Vous y êtes déjà allé ? Mais c'est super, il va falloir que vous m'en parliez !

Les deux rentrent dans le restaurant et Hope commence à demander à Darren ce qu'il veut savoir.

— C'est simple, j'ai besoin d'avoir vos horaires de travail, de savoir où vous logez sur la propriété et, également, je sais que c'est délicat, si vous avez un fiancé ou autre.

— Effectivement, c'est un vrai CV que vous voulez ! Alors, je vais commencer par ma vie privée, je suis célibataire, donc pas d'inquiétude, aucun intrus dans la propriété ! Pour mon logement, je suis à côté du personnel et, quant à mes horaires, je suis incapable de vous les donner.

— Pourquoi ?

— Car je n'ai pas d'horaire. S'il faut travailler tard, je travaille tard. Si je peux rentrer plus tôt, je le fais.

— Puis-je vous demander ce qu'est votre boîte exactement ?

— C'est une boîte d'événementiel.

— Ça marche bien ? C'est quel genre d'événement ?

— Dites-moi, vous êtes bien curieux !

Darren se reprend et redevient froid. Il s'excuse auprès d'Hope. Ils finissent le repas et retournent au local d'Hope.

— J'ai dit quelque chose qui ne fallait pas ?

— Pourquoi dites-vous ça ?

— Vous êtes devenu froid d'un coup... je ne comprends pas.

— Désolé, c'est dans ma nature, je suis comme ça !

Hope entre dans son entreprise et regarde une dernière fois Darren.

— C'est dommage, car vous avez l'air d'être une bonne personne, mais on sent que vous avez une blessure au fond de vous et qu'elle est encore présente. J'espère sincèrement que vous arriverez à vous en libérer. Bonne journée, Darren.

Hope monte dans son bureau et Darren reste planté devant la porte. Pierre s'approche de lui.

— Elle a le don pour pointer du doigt ce qui ne va pas et, en général, elle tombe juste...

Darren ne dit rien. Il s'éloigne et monte dans sa voiture. Il roule jusqu'à la propriété et se remet à bosser auprès de Kelly. Cette dernière est au bord de la piscine avec des amies à elle. Lorsqu'elle voit Darren, elle se lève et se colle à lui.

— Ce soir, je vais en soirée avec des amies, vous voulez venir ?

— Ce n'est pas moi qui m'occupe de votre sécurité ce soir !

— Justement, c'est pour cela que je vous demande. Je sais que vous êtes libre ce soir et... cette nuit !

— Je pense que vous n'avez pas saisi pourquoi je suis ici. Je fais mon travail, j'assure votre sécurité. Je ne suis pas un copain avec qui vous pouvez sortir et encore moins votre amant !

Kelly se vexe et repart près de la piscine, en se tortillant. Au bout d'une heure, elles se lèvent toutes pour rejoindre la chambre de Kelly. Cette dernière regarde Darren.

— Vous ne nous accompagnez pas ?

— Non, je n'en ai pas besoin. Vous êtes dans la maison, vous ne risquez rien.

— Vous ne savez pas ce que vous loupez !

Kelly monte dans sa chambre en gloussant auprès de ses amies. Micka et Luc se rapprochent de Darren.

— Elle est vraiment incroyable, cette gamine ! Elle sait ce qu'elle veut et c'est toi, mon vieux ! En tout cas, je te la laisse !

— Je ne la veux pas ! Tu es malade ! Hormis le fait que je ne veux pas de femme dans ma vie, elle n'est pas du tout mon style.

— Et la sœur ?

— Comment ça ?

— Arrête, Darren ! On l'a tous vue ce matin, elle est pas mal comme fille !

— Oui, certes, à choisir, sa sœur serait plus mon style, mais je ne veux pas de femme dans ma vie, et puis elle doit être comme sa sœur qui vit avec l'argent que maman a laissé et celui de son beau-père. Non, merci, ce genre de fille, je connais et...

— Apparemment, vous ne devez pas assez bien les connaître, car vous ne savez pas faire la différence entre les filles à papa et les vraies femmes ! Je suis désolée pour vous, mais mon entreprise, je ne la dois qu'à moi-même, qu'à mes études et à mon emprunt à la banque. Certes, l'héritage de ma mère m'a bien aidée à le faire, mais ça s'arrête là ! Je ne sais pas, et ne veux pas savoir ce que vous avez vécu par le passé, la douleur à laquelle vous avez fait face, mais à mon avis, une femme doit être en cause ! En attendant, si vous pouviez éviter de déverser votre venin ainsi que des calomnies derrière mon dos, ça serait vraiment gentil ! Bonne journée, messieurs !

Darren se trouve face à une Hope en colère et qui le remet à sa place. Il est très gêné et n'a pas le temps de rétorquer que la jeune fille a déjà traversé la propriété pour rejoindre son appartement. Elle a à peine le temps de refermer la porte qu'on y frappe. Elle ouvre en s'énervant.

— Ce n'est pas la peine de... Ho ! pardon, je croyais que c'était...

— Oui, je sais qui tu... enfin vous...

— Le tutoiement me va très bien ! Tu es Micka, c'est ça ?

— Oui, et toi, tu es celle qui vient de bien remballer mon pote !

— Je suis désolée pour lui, mais j'espère que tu comprends que je ne vais pas me laisser faire ! Il ne me connaît pas et se permet de me juger. J'ai cru comprendre qu'il avait vécu quelque chose de dur... On peut le ressentir, mais ce n'est pas pour cette raison qu'il doit raconter ou inventer des choses sur tout le monde !

— Je comprends tout à fait ! Après, il reste mon pote... Je ne veux pas le défendre, mais c'est vrai que j'ai rebondi, grâce à lui, dans la vie.

— Je le conçois, mais qu'il se calme en ma présence et tout se passera bien !

Micka rigole et sourit à Hope.

— Avec ce que tu viens de lui dire, crois-moi qu'il ne fera pas la même erreur deux fois !

Hope propose un café à Micka, mais ce dernier explique qu'il est en service et qu'il doit vite retourner à son poste, mais que ce soir il est disponible.

— OK, viens ce soir dans ce cas !

Micka dit au revoir à Hope et sort de l'appartement. Hope défait ses affaires et se pose à sa table de travail. Elle commence à passer des coups de fil et à travailler. Pendant ce temps, Darren voit Micka, tout sourire, sortir de l'appartement d'Hope. Il s'approche de lui.

— Tu faisais quoi chez elle ? Tu n'étais pas à ton poste ?

— Tu me fais quoi, Darren ? Une crise de jalousie ?

— Pour cette fille ? Tu rêves, je ne supporte pas les filles arrogantes et qui... et qui...

— Et qui te remettent à ta place ! Oui, j'ai bien compris ! Ne t'inquiète pas, j'étais juste allé lui dire de ne pas trop t'accabler ! Bref... je retourne à mon poste !

Darren se passe la main dans ses cheveux et râle dans son coin lorsqu'une voix féminine le sort de ses pensées.

— Darren ? On a besoin de sortir pour acheter des nouvelles robes pour ce soir !

— D'accord, dites-moi quand vous êtes prêtes qu'on puisse s'organiser.

— Maintenant !

Darren soupire et appelle ses collègues dans le *talkie-walkie* en expliquant le changement d'emploi du temps de Kelly. L'après-midi shopping se passe bien, enfin... du côté filles, car Darren en a marre des sous-entendus de Kelly. Elle le drague à fond et il a beau lui dire qu'il n'est pas intéressé, rien n'y fait. Une fois de retour à la villa, Darren est content de laisser la place à l'équipe suivante. Il observe Micka s'éloigner. Ce dernier arrive près de l'appartement d'Hope et remarque qu'il y a du monde. Il entre.

— Entre, Micka ! Comment vas-tu ?

— Heu... il y a du monde chez toi ! Je pensais qu'on ne serait que nous deux...

— Ho, désolée, mais quand je t'ai invité, c'était pour te proposer de nous rejoindre pour notre soirée épouvante... désolée.

— Non, c'est moi qui ai dû mal comprendre...

Hope sourit et retourne vers ses deux amis. Elle donne des saladiers à Micka et lui dit de la suivre. À l'extérieur, ce dernier découvre un rétroprojecteur et un écran blanc au milieu du jardin. Plusieurs couvertures sont étendues au sol.

— Pose les saladiers sur les couvertures, je vais au portail, car Alix vient d'arriver ! Ha, oui, Micka, je te présente Pierre, mon collaborateur, et Julien, son compagnon.

— Enchanté !

Hope court au portail et, au bout de cinq minutes, revient avec une magnifique jeune femme brune.

— Alix, je te présente Micka. Il fait partie des personnes qui assurent la sécurité de Kelly.

Alix serre la main de Micka et va embrasser Pierre et Julien. De loin, Hope remarque Luc qui repart vers son logement. Elle l'appelle :

— Luc ? Tu fais quoi ?

— Je pars me reposer, je reprends à six heures demain matin.

— Un petit film avant, ça te tente ?

Luc réfléchit et accepte, plus il s'approche du groupe et plus ses yeux se posent sur la femme brune à côté d'Hope. Cette dernière l'ayant remarqué les présente en premier, puis passe à Pierre et Julien. Elle dit à tout le monde de s'asseoir et présente le film de la soirée.

— Nous sommes sur une histoire paranormale, en compagnie d'une poupée. Bon, très effrayant pour moi, mais bon, ça va le faire !

Hope va s'asseoir près de Micka et lance le film. Au bout de 20 minutes, elle ressent une présence derrière elle et sursaute en se retournant.

— Darren ? Vous m'avez fait peur.

— J'en suis désolé… Je peux vous parler ?

— Bien sûr ! Venez, on va plus loin.

Darren et Hope s'éloignent des autres et vont vers un kiosque. Darren se passe sa main dans ses cheveux et regarde Hope.

— Je veux m'excuser pour tout à l'heure, je n'ai pas été sympa ni élégant.

— Vous pouvez le dire !

— C'est pour ça que je tenais à m'excuser, sincèrement.

— J'accepte... j'ai l'impression que vous mettez toutes les femmes dans le même panier, je me trompe ?

— Disons que toutes celles que j'ai connues ne m'ont pas fait changer d'avis !

— C'est dommage... malgré votre froideur et votre sérieux, je suis sûre que vous êtes quelqu'un de bien...

Darren regarde Hope droit dans les yeux et soupire.

— OK, je ne l'ai jamais dit à une femme, mais je vais vous faire un aveu. Il y a dix-neuf ans, j'étais âgé de 21 ans et j'ai rencontré une femme, la femme de ma vie, la bonne, celle avec qui je pensais tout faire... Au bout de trois ans, je l'ai demandée en mariage.

— Elle a refusé ?

— Ha, non, pas du tout, les préparatifs ont duré six mois, et le jour J, je me suis retrouvé seul à l'église.

— Mais... que s'est-il passé ?

— Cela faisait un an qu'elle avait une relation avec mon meilleur ami et elle est partie avec... Il était beaucoup plus riche que moi, lui offrait tout ce qu'elle voulait. Ils voyageaient, elle avait des bijoux, des robes, des...

— Mais est-ce qu'elle était heureuse ?

— Comment ça ?

— C'est bien de tout avoir, mais est-ce que ça remplace le bonheur ?

— Je ne sais pas et... je m'en moque sincèrement !

Hope et Darren sont en train de discuter lorsque Micka surgit en lui demandant ce qu'ils font. Dans un sursaut,

Hope se colle à Darren et appuie ses mains sur son torse. Elle lève ses yeux vers ceux de Darren et s'excuse aussitôt.

— heu... veuillez m'excuser, je suis désolée.

Darren ne bouge pas et respire un grand coup.

— Il n'y a pas de mal !

Micka prend Hope par les épaules et la rapproche de lui.

— Je t'ai fait peur ? Excuse-moi !

— Non, Micka, ne t'inquiète pas, j'allais arriver.

Hope sourit à Micka, puis propose à Darren de se joindre à eux pour la suite du film. Ce dernier n'a pas le temps de répondre que Micka répond à sa place.

— Je ne pense pas qu'il puisse, il doit avoir plein de choses à faire.

Darren sourcille.

— Oui, effectivement, j'en suis navré et, en même temps, je vous en remercie, mademoiselle.

— Plein de choses ? Auriez-vous peur d'une petite poupée diabolique, Darren ?

Darren se rapproche d'elle en souriant.

— Rien ne me fait peur, mademoiselle Molit !

— Hum, je suis sûre que quelque chose doit vous effrayer au fond de vous ! Bon, pour une prochaine fois peut-être ! Bonne soirée à vous.

Hope s'éloigne en compagnie de Micka. Ce dernier paraît très proche d'elle. La soirée se termine et Micka raccompagne Hope à son logement.

— J'espère que tu as passé une bonne soirée frissons ! Bonne nuit, Micka.

— On pourrait discuter encore un peu et...

Micka s'arrête de parler, Julien et Pierre viennent de rentrer dans le logement d'Hope.

— Désolée, je les ai invités à dormir.

— Je te souhaite une bonne nuit !

Micka part et Hope remarque qu'il est contrarié, mais ne se pose pas plus de questions. Elle est plus étonnée par le fait qu'Alix ne soit pas encore là. Elle se tourne vers Pierre.

— Alix n'était pas avec toi ?

— Ha, non... c'est le bel étalon que tu as invité ce soir qui la raccompagne !

— Luc ?

— Oui !

Au bout de cinq minutes, des bruits se font entendre sur le pas de la porte, Hope, Pierre et Julien se penchent à la porte pour écouter. De l'autre côté, Alix et Luc discutent toujours.

— J'ai passé une excellente soirée et je suis vraiment heureux d'avoir fait ta connaissance. Voici ma carte avec mon numéro de téléphone, au cas où tu voudrais m'appeler...

— Oui, la soirée était vraiment bien et je suis également heureuse de t'avoir rencontré.

Alix prend la carte de Luc et ce dernier lui dit bonne nuit en l'embrassant sur la joue. Alors que Luc s'éloigne, Alix ouvre la porte et retrouve ses trois amis derrière.

— Je peux vous aider ?

— De quoi tu parles ?

— Prenez-moi pour une idiote, en plus !

Les quatre amis rigolent et Alix explique qu'elle a eu un véritable coup de cœur pour Luc. Ils passent le reste de la soirée à en parler. À un moment, Julien décide de parler de Micka en regardant Hope.

— Il a craqué pour toi, c'est flagrant !

— Non ! Tu crois ?

— Ho, oui, à la façon dont il te regarde, dont il veut être avec toi, c'est vraiment mignon et...

— Vous ne plaisantez pas ?

Tous ses amis lui font signe que non, qu'ils l'ont tous remarqué.

— Mais moi, je ne ressens rien pour lui, que de l'amitié, ça ne va pas plus loin...

— Alors, dépêche toi de le lui dire, car lui il va vouloir autre chose, crois-moi !

Après une autre discussion, tout le monde va au lit et Hope se promet de parler à Micka dès le lendemain. Elle ne voudrait pas qu'il se fasse de fausses idées.

Chapitre 3

Le lendemain, Hope se lève avec la ferme intention de parler à Micka, mais son emploi du temps la rappelle à l'ordre. Elle regarde autour d'elle et voit que ses amis sont déjà partis. Alix est partie à son boulot, Julien fait des études d'infirmier et Pierre est également déjà au bureau. Hope prend son téléphone et voit quinze appels en absence de Pierre. Elle l'appelle en vitesse.

— Mais que se passe-t-il ?

— Ta cliente, celle pour la soirée de vente aux enchères, a décidé d'avancer la soirée à ce week-end ! Il faut qu'on reprenne tout, qu'on appelle tout le monde et...

— J'arrive !

Hope s'habille en vitesse et sort en courant de son appartement. Elle croise Micka qui la retient.

— Bonjour, tout va bien ?

— Je suis désolée, mais je suis pressée, je dois absolument partir. On se voit plus tard !

— Oui, je dois te parler.

— Moi aussi ! Bonne journée.

Hope continue de courir, monte dans sa voiture et quitte le domaine. Micka reste debout au milieu de la pelouse lorsqu'il entend son prénom dans le *talkie-walkie*.

— Micka ? Tu peux venir, s'il te plaît ?

Micka fait demi-tour et entre dans la villa. Il remarque Luc et Darren. Ce dernier est encore aux prises avec Kelly.

— Je ne vais pas venir avec vous au sauna ! Je ne pense pas que vous ayez cerné en quoi consiste mon métier !

— Bien sûr ! À me servir de garde du corps.

— Je suis là pour assurer votre sécurité ! Ça n'ira pas plus loin !

Micka je rapproche de Luc et le questionne du regard.

— C'est Kelly, elle veut aller au spa, mais a peur et veut que Darren entre avec elle...

— Elle a vraiment flashé !

— Je pense juste qu'elle veut le mettre dans son lit, c'est tout, le reste ne l'intéresse pas du tout !

— D'habitude, il ne dit pas non !

— Mais là, elle est trop jeune. C'est la personne qu'on doit protéger et, en plus, je ne pense pas que les gamines vulgaires et allumeuses soient son genre !

Micka se permet de s'interposer entre Kelly et Darren.

— Mademoiselle, nous ne pouvons pas vous accompagner à l'intérieur, nous ne sommes pas habilités à ça, mais ne vous inquiétez pas, toute une équipe sera dehors à vous attendre.

— Merci, Micka, vous au moins, vous comprenez que j'ai peur ! J'aurais quand même préféré que Darren soit dans le sauna avec moi... Vous savez, si vous n'avez pas de maillot de bain, ce n'est pas grave, il y a deux saunas, un public et... un naturiste. On peut aller au deuxième, si vous voulez.

En disant ça, Kelly s'est rapprochée de Darren et lui a même caressé l'épaule. Darren soupire et regarde Micka.

— Tu peux t'en occuper ?

— Heu...

— Quoi ?

— À midi, je devais...

— Tu ne devais rien faire ! Tu es en service jusqu'à vingt et une heure ce soir !

Darren tape sur la commode à côté de lui et sort de la villa. Il attrape son téléphone et compose le numéro de Coll.

— Allô ?

— Coll ? C'est Darren !

— Il y a un problème ?

— Oui, il faut vraiment que tu trouves une autre équipe ! Cette gamine va me rendre folle ! C'est une nympho !

— Mais Darren, je n'ai personne sous la main... tu es costaud, passe au-dessus ! Je sais qu'elle a une demi-sœur, il me semble, non ?

— Oui, mais en quoi Hope peut m'aider ?

— Quand c'était l'ancienne équipe, Hope remettait sa sœur à sa place et les hommes pouvaient souffler un peu, parle avec elle ! Elle peut t'aider, je l'ai rencontrée, c'est une femme... comment dire... hors du commun !

— Bon OK, je vais me calmer. Désolé, je n'ai pas l'habitude de perdre mon sang-froid, mais là.... elle m'agace énormément ! Sinon, tu passes de bonnes vacances ?

— Oui, je suis heureux d'être enfin avec mon enfant... grâce à toi... merci, Darren.

— Je ne t'ennuie pas plus longtemps et je vais essayer de m'en sortir tout seul !

Darren raccroche et appelle Hope. Il tombe sur sa messagerie et décide de se déplacer jusqu'à son bureau plus tard.

Au bureau d'Hope, cette dernière se démène pour sa cliente. Pierre la regarde.

— Tu vas devoir te rendre sur place. Il y a des fournisseurs qui ne peuvent pas avancer, il va falloir que tu en trouves d'autres sur place...

— Commande-moi tout de suite un billet d'avion pour Dallas ! Je dois me rendre sur place pour voir ma cliente, de toute façon. Je vais passer vite fait faire ma valise à la maison et je reviens !

Hope dévale les escaliers et ouvre la porte violemment. Elle fait tomber quelqu'un et la marchandise qu'il transportée.

— Micka ? Mais que fais-tu ici ?

— J'ai pensé que tu pourrais prendre une pause à midi, j'avais emmené de quoi manger.

— Excuse-moi, mais c'est impossible, j'ai énormément de travail et un contrat qui vient de changer de date. Je prends l'avion cet après-midi et...

— Tu prends l'avion ? Mais pour combien de temps ?

— Je rentre dimanche, je ne sais pas quelle heure exactement. Écoute, on parlera à mon retour !

Hope l'embrasse sur la joue et monte dans sa voiture. Non loin de là, un autre homme l'observe dans une grosse berline noire.

— Les gars ont raison... elle est vraiment belle...

La voiture démarre et Hope la reconnaît dans son rétroviseur avant de partir. Elle arrive chez elle, jette des vêtements dans sa valise et repart à son bureau.

— C'est bon, Hope, j'ai ton billet. Par contre...

— Quoi ?

— Il faut que tu te dépêches, ton avion part dans une heure !

— Attends, je dois traverser la ville et... bref, donne-moi ce billet !

Pendant ce temps, Kelly se retrouve à la villa en compagnie de son beau-père.

— Papa ! Il faut que tu fasses un truc pour qu'Hope me donne ses parts de la maison !! Pourquoi tu ne les lui achètes pas ?

— Kelly... tu sais combien coûte une maison comme ça ? Je ne pense pas ! Même si Hope n'a que vingt-cinq pour cent, c'est trop cher pour moi. Tes derniers contrats ne nous ont rien rapporté !

— Attends, ne m'annonce pas qu'on va devenir pauvres !

— Mais non, ma princesse, mais au lieu de sortir, tu devrais refaire ton book et te présenter à des *castings* ! Tu attends sagement qu'on t'appelle... tu n'es pas une superstar non plus, il faut faire des *castings* également.

— Oui, ça va !

— Et il faut vraiment que tu arrêtes avec le service de sécurité...

— Comment ça ?

— Beaucoup d'entre eux sont venus se plaindre, dont Darren... Tu ne fais que les draguer... arrête !

Kelly part dans sa chambre en boudant, le chef du personnel entre au même moment.

— Monsieur ? Mademoiselle Molit vous informe qu'elle ne sera pas là jusqu'à dimanche.

— Oui, oui, on s'en moque !

Le chef du personnel sort en soupirant et manque de se heurter à Darren.

— Ho monsieur, je suis vraiment confus, je...

— Calmez-vous, brave homme, ce n'est pas grave. Je cherche mademoiselle Molit, l'avez-vous vue ?

— Je viens tout juste de signaler à monsieur Lingland que Hope, enfin mademoiselle Molit, ne sera pas là jusqu'à dimanche.

— Très bien, je vous remercie beaucoup et...

Darren arrête de parler et s'excuse auprès du vieil homme, il vient de recevoir un SMS :

Hope : *Monsieur Wingleton, aviez-vous quelque chose à me demander ? Je ne vois que cette déduction à la raison pour laquelle vous vous trouviez devant mon bureau tout à l'heure.*

Darren est très interloqué par le SMS, il sait qu'il provient de Hope, mais comment a-t-elle fait pour avoir ce numéro ? C'est son portable privé. Comment a-t-elle su qu'il était devant son bureau ? Et comment connaît-elle son nom de famille ? Personne ne le connaît, hormis Charles Lingland. Décidément, cette jeune femme est pleine de surprises. Il ne peut s'empêcher de répondre.

Darren : *Mademoiselle Molit, effectivement, je devais vous parler de quelque chose, mais cela peut attendre. En revanche, je suis très intrigué par la façon dont vous avez eu mon numéro, mon nom de famille et comment avez-vous su que j'étais devant votre bureau.*

Il ne reçoit aucune réponse et continue son travail. En fin de journée, il retourne dans sa chambre et s'apprête à aller se doucher lorsque son téléphone émet un bip. Il regarde et voit que c'est un MMS. Il découvre une photo d'une immense statue de girafe et un mot.

Hope : *Tout le monde a ses secrets, monsieur Wingleton. Je suis pleine de ressources. En attendant, je vous laisse sur la vue de mon hôtel et vous souhaite bon courage avec ma demi-sœur et une bonne nuit.*

Darren sourcille. Il connaît cette statue, elle se trouve à Dallas. Il répond :

Darren : *Dallas ? Intéressant, il va juste falloir que je découvre pourquoi vous êtes là-bas... Je suppose que c'est pour votre travail, mais avec un peu de recherches, je pourrais tomber sur le nom de votre client ! Moi aussi, j'ai pas mal de ressources, mademoiselle Molit. Bon courage et bonne nuit à vous aussi.*

À plusieurs kilomètres de là, Hope reçoit la réponse de Darren et sourit. Elle continue de manger dans sa chambre d'hôtel. Beaucoup de travail l'attend le lendemain. Au moment d'aller au lit, son téléphone bipe de nouveau. Elle regarde et voit que c'est Micka.

Micka : *Tu me manques... Je n'ai pas eu le temps de te dire au revoir... Il faut vraiment qu'on se parle à ton retour. Bonne nuit et fais de beaux rêves.*

Ses amis avaient raison, il a craqué pour elle. Il faut vraiment qu'elle lui parle, car, elle, elle ne ressent rien du tout pour lui, à part de l'amitié. Elle décide quand même de répondre à son SMS.

Hope : *Oui, il faut qu'on parle à mon retour. À plus !*

Ça peut paraître froid et détaché, mais elle n'a pas le choix, il faut vraiment qu'il ne s'accroche pas. Elle ne veut vraiment pas de relation autre que de l'amitié avec lui.

Le reste de la semaine se passe sans encombre. Elle se donne à fond dans son travail, reçoit des messages de Darren pour quelques renseignements sur Kelly. Elle a également des messages de Micka qui deviennent de plus en plus intimes. Le samedi arrive enfin et Hope s'aperçoit qu'elle n'a rien à se mettre pour la soirée. Elle doit être quand même présentable et ne peut pas y aller en jeans. La voilà partie dans les rues de Dallas pour faire du shopping. Dans un magasin, elle se trouve une magnifique robe de cocktail noire. Elle décide également de passer chez le coiffeur, puis elle se rend en avance à la soirée. Elle s'assure que toute son équipe est opérationnelle, rejoint ensuite Pierre. Ce dernier a pris l'avion dans la journée pour venir l'aider.

— Cette vente aux enchères va être super, j'espère que ta cliente va être aux anges !

— Je l'espère également, car les fonds récoltés lors de cette vente sont censés aider l'association de ma cliente.

Au même moment, une jeune femme se rapproche d'elle. Elle est très élégante et belle.

— Hope... C'est vraiment sublime le travail que vous avez fait ! Je ne sais pas comment vous remercier, je sais que je vous ai prévenu à la dernière minute, mais, avec mon mari, nous devons partir pour l'étranger lundi. C'est une mission de deux mois qui nous attend et je ne pouvais pas annuler cette vente.

— Je vous en prie, madame Wingleton, c'est normal !

— Je vous ai déjà dit de m'appeler Nina. Je suis plus jeune que vous et j'ai l'impression d'avoir 40 ans !

— Très bien... Nina. Je peux vous poser une question un peu personnelle ?

— Après ce que vous venez de faire pour moi, vous pouvez tout me demander !

— Connaissez-vous un certain Darren Wingleton ?

— C'est mon frère !

Hope sursaute et se retourne. Elle fait face à un homme brun d'1m90, avec de magnifiques yeux verts.

— James, arrête de lui faire peur ! Hope, je vous présente mon mari, James Wingleton.

— Enchanté de faire votre connaissance ! C'est donc vous la bonne fée de ma femme ?

— Il ne faut tout de même pas exagérer ! Votre femme a beaucoup contribué à ce projet. D'ailleurs, c'est une de mes clientes les plus investies !

— Oui, et des plus maniaques, non ?

— James !

— Quoi ? Je n'ai pas raison ? Tu as vu à quoi ressemble notre appartement ? On dirait un appartement-témoin !

— Oui, c'est sûr que monsieur aime bien laisser des affaires un peu partout et...

— Je vais vous laisser...

— Voilà, tu l'as fait fuir. Bon, dites-moi pourquoi mon frère vous intéresse tant ?

— Ha, mais il ne m'intéresse pas du tout !

— Ce n'est pas très gentil de dire ça, Hope ! Je pensais qu'on avait dépassé le stade où je vous avais pris pour une femme comme votre sœur !

Hope se retourne et fait face à Darren. Elle ne sait pas pourquoi, mais elle rougit. Elle le regarde de bas en haut. Il est habillé avec un magnifique smoking et Hope remarque de plus près la silhouette de Darren. Elle ne peut s'empêcher de remarquer ses abdos et ses muscles mis en valeur. Elle remonte à ses yeux et Darren lui sourit.

— Je dois avouer que vous êtes magnifique également !

— Hein ? Mais... heu...

— Hope ? Mais que fais-tu ici ?

— Micka ? Mais... je suis ici, car je travaille et toi ?

— Je bosse aussi, je suis en extra. J'assure le service de sécurité de la vente et...

Micka regarde autour de lui et croise le regard de Darren qui est toujours en admiration sur Hope.

— On peut parler sur la terrasse, Hope ?

— Oui, mais vite ! Nina, je reviens dans un instant.

— Bien sûr, Hope, allez-y.

Hope et Micka sortent en laissant Darren, Nina et James ensemble. Ce dernier fait d'ailleurs une remarque à Darren.

— Pas mal !

— Comment ça ?

— Ne fais pas l'innocent, mon cher frère, on a bien vu comment tu l'as regardée. Il se passe un truc entre vous ?

Darren reprend son attitude froide et distante.

— Non, il n'y a rien et il n'y aura jamais rien, j'ai assez souffert avec Gwen ! Je ne veux plus aucune femme dans ma vie ! Aucune ne mérite que je la protège, que je l'aime, que je la soutienne et j'en passe, plus aucune femme ne se tiendra à mes côtés !

Darren quitte la pièce sous le regard désolé de son frère, James. Nina réconforte son mari.

— Tu sais comment il est, ça va passer...

— J'espère, je n'aimerais pas qu'il finisse vieux garçon. Je suis sûr qu'une femme bien l'attend.

— Oui et, à mon avis, plus près qu'il ne le croit... allez, viens, la vente aux enchères va commencer.

Sur la terrasse, Micka commence à parler avec Hope.

— Hope... il faut vraiment qu'on parle de nous.

— De nous ? Micka...

— Oui, je suis tombé amoureux de toi. Je pense à toi sans arrêt. Tu es la plus belle et...

— Micka, ce que tu me dis me touche, mais je ne suis pas amoureuse de toi. Tu es un bon ami, mais ça s'arrête là. Je suis vraiment confuse, je ne sais pas ce qui a pu te faire penser que... aïe !

Micka l'a plaqué contre le mur de la terrasse et a un rire nerveux près d'elle.

— Attends, je t'avoue mes sentiments et tu me rejettes ?

— Micka, je ne vais pas inventer des sentiments qui n'existent pas ! Lâche-moi maintenant, je dois retourner à l'intérieur !

— Tu me céderas, crois-moi ! Tu deviendras mienne !

— Je te conseille de me lâcher avant de te prendre un coup de pied !

— Je suis entraîné à recevoir n'importe quel coup, même bas !

— Lâche-moi !

Un toussotement fait reculer Micka de la jeune femme.

— Je crois que tu devrais reprendre ton poste immédiatement !

— Oui, Darren, j'y vais !

Micka regarde Hope.

— Je n'en ai pas fini avec toi !

Micka s'en va et Hope court au bord de la terrasse pour prendre la première brise qui arrive. Elle sent une présence derrière elle et se retourne.

— Je ne vous connais pas bien, Hope, mais... quand vous allumez des hommes et que vous jouez les aguicheuses avec eux, il ne faut pas vous étonner si après ils réagissent comme des animaux. Vous l'avez cherché et...

Darren n'a pas le temps de finir sa phrase qu'une gifle s'abat sur sa joue. Les yeux rougis, Hope le regarde.

— Vous n'êtes vraiment qu'un mufle, vous ne connaissez rien à l'histoire ! Je ne l'ai jamais aguiché et encore moins allumé ! Il s'est fait des films tout de suite et je ne m'en suis pas rendu compte. J'essayais de lui expliquer qu'il n'y aurait rien entre nous et lui n'a pas accepté et a commencé à se montrer violent et vous... vous... vous n'êtes qu'un goujat, qu'un rustre, qu'un salaud de penser ça ! Encore une fois, vous parlez sans savoir ! Ne vous approchez plus de moi !

Hope retourne en courant à l'intérieur. Darren hurle son prénom, mais elle ne se retourne pas. À la place, il croise les yeux de Nina.

— Ma chère belle-sœur, tu es là pour me faire la morale ou pour te moquer de moi, au vu de la gifle que je viens de me prendre ?

— Ni l'un ni l'autre, Darren, je voulais juste te parler, mais si tu n'y es pas disposé, je peux repartir à l'intérieur !

— James a raison, tu as un sacré caractère !

— Ne t'inquiète pas, il ne s'en plaint pas tout le temps de mon tempérament de feu...

— Ha non ! Je ne veux rien savoir de la vie intime de mon frère, cela me promet des cauchemars en perspective.

Nina rigole et Darren la rejoint.

— Darren... James m'a raconté ce qu'il s'est passé avec Gwen. Je le conçois, c'est une sacrée garce, mais... ne mets pas toutes les femmes dans le même panier ! Regarde, tu t'es énormément méfié de moi. Pourtant, je suis toujours là auprès de ton frère et ce n'est pas près de changer. Je l'aime plus que tout, nous nous sommes battus ensemble pour notre relation... Darren, tu as droit au bonheur maintenant.

— Tu penses sincèrement qu'une femme avec un caractère aussi rageur qu'Hope pourrait me convenir ? Jamais !

— Tu dis ça, car tu es trop fier pour t'avouer que c'est le style de femme qui te convient. Je doute qu'une demoiselle en détresse fragile et qui t'appelle dès qu'elle doit faire autre chose que de se manucurer les ongles te plaise. Je me trompe ? Quoi qu'il en soit, n'oublie jamais ce que je t'ai dit le jour de mon mariage avec ton frère...

— La seule chose dont je me souviens, c'est que, quand j'ai reçu le bouquet, tu m'as dit : un signe ?

— Oui et je crois qu'une femme t'attend, elle va avoir besoin de toi. Elle est forte, indépendante, mais a besoin de toi malgré tout. On est des femmes du nouveau millénaire, nous ne sommes plus des princesses en attente du prince charmant. On est juste à la recherche d'un homme qui nous soutienne et nous aime.

— Et tu as trouvé le tien, toi… L'homme qui te soutient et qui t'aime...

— Oui, James me rend vraiment heureuse...

— Alors, rentre vite le retrouver.

— Darren... ne pense plus au passé et avance !

Nina rentre et laisse Darren seul sur la terrasse. Ce dernier se touche la joue et regarde l'horizon.

Chapitre 4

Dans l'avion qui la ramène en Floride, Hope ne peut s'empêcher de repenser à la veille, entre Micka qui est devenu violent, car elle a repoussé ses avances et Darren qui l'a prise pour une allumeuse. Une larme coule sur sa joue. C'est comme ça qu'on la voit... une allumeuse ? Elle secoue sa tête et parle à voix basse :

— Je ne vais certainement pas laisser un homme comme lui me rabaisser !

L'avion atterrit et Hope reprend sa voiture pour rentrer chez elle. Arrivée devant le portail, elle voit Karl.

— Bonjour, Hope, comment vas-tu ?

— Bonjour, Karl, ça pourrait aller mieux... Rien de neuf ?

— Si, Darren a instauré un nouveau couvre-feu à tout le monde et...

Karl n'a pas le temps de finir qu'Hope démarre en trombe et finit en dérapage devant la maison. Elle ouvre la portière, furieuse. Elle entend les cris de Kelly dehors et se doute que cette dernière ne doit pas être d'accord avec ce nouveau couvre-feu. Hope entre dans la villa et voit Kelly foncer sur elle.

— Tu te rends compte ? Ils veulent qu'on rentre à 21h ! On ne doit plus sortir et...

— Bonjour, Kelly.

— Heu... oui, bonjour ! Moi, je ne suis pas d'accord et...

— Dans ce cas, ne le respecte pas. Ne te mets pas dans cet état-là pour rien.

— Mais... tu es de mon côté ou je rêve ? Deviendrais-tu raisonnable et...

— Ne t'emballe pas, Kelly ! Je pense toujours la même chose de toi, mais...

Hope se retourne et se retrouve face à Micka, Luc et Darren.

— Je ne vais certainement pas me plier à des ordres de je ne sais qui !

Darren fronce les sourcils et affronte le regard d'Hope.

— Si nous faisons ça, c'est pour la sécurité de votre demi-sœur et...

— Foutaises ! Vous faites ça pour, tout simplement, la faire chier ! Je sais, c'est très vulgaire, mais c'est comme ça, il ne faudrait pas que vous outrepassiez vos droits ! N'oubliez pas qui vous paie ! Et puis, Kelly est mannequin, ce n'est pas non plus une star hollywoodienne poursuivie par des paparazzis toute la journée ! Donc pas de couvre-feu, en tout cas, pas pour moi !

Hope sort, reprend sa voiture et va devant son logement. Kelly gonfle sa poitrine devant le trio de gardes du corps et monte dans sa chambre en disant qu'elle sort ce soir. Darren s'approche de Charles.

— Vous êtes sûr de vouloir laisser Kelly et Hope avoir le dernier mot ?

— Darren, je sais que vous êtes frustré, mais... elles sont jeunes et ont besoin de...

— D'accord ! Dans ce cas, j'agirai en conséquence, moi aussi !

Darren monte dans sa chambre et, furieux, claque la porte. Il fait les cent pas et va vers sa fenêtre. Il voit Micka courir en direction de l'appartement d'Hope.

— Qu'elle se débrouille avec lui ! Elle est agaçante, vraiment chiante et... et... putain !

Darren remet sa veste et descend en direction de l'appartement d'Hope. Il voit cette dernière qui essaie encore une fois de parler calmement à Micka, mais ce dernier perd pied. Darren hurle son prénom, Micka se retourne.

— Que fais-tu là, Darren ? C'est une discussion privée !

— Je ne crois pas, non. Je pense qu'elle a été claire avec toi !

— Laisse-nous tranquilles... Attends, mais j'ai compris ! Tu la veux, c'est ça ? Tu veux coucher avec elle et tu es jaloux et...

Hope se sent obligée d'intervenir.

— Micka, arrête... Je t'apprécie sincèrement en tant qu'ami et là je te découvre sous un autre jour.

— Mais tu n'as pas compris, Hope ! Je ne veux pas être ton ami !

— Dans ce cas, laisse-moi !

Hope referme la porte de son appartement sur Micka et Darren. Micka se rapproche de lui.

— Crois-moi que, celle-là, tu ne l'auras pas dans ton lit !

— Tu dis n'importe quoi ! Tu me fais une crise de jalousie ou je rêve ? Je pense que je vais te faire changer d'équipe et de mission !

— Non, c'est bon !

Micka s'en va et Darren va frapper à la porte d'Hope, elle ouvre.

— Vous voulez quoi ? Je n'ai pas été assez directe avec vous hier ? Laissez-moi tranquille !

Hope claque la porte et laisse Darren, qui repart en râlant. La journée se passe tranquillement et Hope n'a pas de nouvelle visite. Vers minuit, elle entend du bruit à l'extérieur, mais n'y prête pas plus attention. Ça doit être Karl qui fait sa ronde. Au moment de se mettre au lit, son téléphone sonne, numéro inconnu.

— Allô ?

Elle entend juste quelqu'un qui respire à l'autre bout du fil.

— Micka ? Ce n'est pas drôle !

Hope raccroche et, au même moment, elle entend un bruit à sa porte d'entrée. Elle s'approche doucement et voit un mot sur la vitre à côté de la porte. Elle écarte le rideau : ce n'est pas Micka ! Hope commence à paniquer, sa respiration s'accélère, son téléphone sonne de nouveau. Elle répond d'une voix peu assurée.

— Oui ? Allô ?

Une voix étouffée répond.

— Tu es si belle ! Je t'observe depuis des jours et, ce soir, je vais enfin entrer chez toi ! Je serai là dans trente secondes !

Hope jette son téléphone à terre et commence à réellement paniquer. Elle entend des bruits à sa porte d'entrée, comme si quelqu'un essayait de forcer l'entrée. Elle panique, mais se reprend un peu, va dans sa chambre et ouvre doucement la fenêtre. Une fois dehors, elle ne se retourne pas et court de toutes ses forces à l'intérieur de la villa. Elle traverse, monte à l'étage et entre dans une chambre en particulier. Elle est très essoufflée, mais se retrouve tout de même plaquée contre le mur de la chambre.

— Qui est... Hope ? Mais que faites-vous là ?

— Da... Dar... Dar...

— Respirez… Que se passe-t-il ?

Hope éclate en sanglots. Darren essaie de la calmer du mieux qu'il peut. Hope le regarde de bas en haut et s'aperçoit qu'il est nu.

— Je suis désolée, je...

Hope détourne la tête, Darren jure et va enfiler son pantalon. Il revient vers elle.

— Dites-moi ce qu'il s'est passé !

Hope explique tout à Darren et éclate en sanglots. Ce dernier la prend par les épaules et la pose sur son lit.

— Vous allez rester là ! Je vais voir dans votre appartement.

Il s'approche de la porte de la chambre, mais Hope le bloque en le rattrapant par le bras.

— N'y allez pas, ça peut être dangereux ! Ne me laissez pas toute seule ! Je ne veux pas, je ne veux pas !

Hope est dans un état second. Darren lui dit de se calmer, rien n'y fait.

— Calmez-vous… Allez sur mon lit et attendez-moi. Je reviens tout de suite et...

Darren n'y arrive pas, Hope ne cède pas et ne se calme pas. Il perd patience, plaque Hope contre son corps et la regarde dans les yeux.

— Je m'excuse d'avance, mais vous devez vous calmer !

Hope s'attend à recevoir une gifle et se débat, mais, à la place, elle se retrouve avec les lèvres de Darren sur les siennes. Le baiser est très rustre, mais Hope se calme et reste dans un état d'hébétement. Darren la conduit jusqu'à son lit et l'allonge.

— Ne bougez pas !

Il sort de la chambre et va dans son appartement. Il voit la porte ouverte, rentre avec prudence et sort son arme.

— Il y a quelqu'un ?

Il allume les lumières, voit des vêtements éparpillés. Les commodes ont été fouillées et le portable d'Hope est toujours par terre. D'un coup, il entend du bruit derrière lui et pointe son arme.

— Hé, ça ne va pas ? Que fais-tu ici et où est Hope ?

— Il y a eu un problème ce soir. Un rôdeur est entré et a voulu s'en prendre à elle !

— Mais comment va-t-elle ? Elle est où là ?

— Dans ma chambre. Elle est venue me demander de l'aide. Elle était vraiment paniquée, elle ne savait pas quoi faire !

— Pourquoi elle est venue te voir, toi ? Je ne suis vraiment pas loin ! Même plus près que toi !

— Tu es sérieux, Micka ? Je te dis qu'il y a un rôdeur sur le terrain, qu'elle a failli se faire agresser et tu repars dans tes délires de jalousie ? Mais il faut vraiment que tu arrêtes tout ça ! C'est insupportable !!

Vu la jalousie de Micka, Darren fait l'impasse sur le fait qu'il ait dû embrasser Hope pour la calmer. Il dit à Micka de rejoindre Karl et Teri pour faire un tour et, lui, part rejoindre Hope. Il entre doucement dans sa chambre en l'appelant. Il remarque que la jeune fille s'est endormie dans ses draps. Il soupire, attrape une couverture et se met sur le fauteuil à côté d'elle. Il ne peut s'empêcher de la regarder. Elle ne porte qu'une nuisette sur elle et c'est très difficile pour lui de faire abstraction des courbes de son corps. Même si ce n'était que pour la calmer, il ne peut s'empêcher de se passer un doigt sur ses lèvres en repensant au baiser qu'il lui a donné tout à l'heure, et chose encore plus curieuse, elle ne l'a pas repoussé. Il secoue sa tête et s'endort.

Le lendemain, Hope ouvre les yeux et découvre un tout autre environnement que son appartement habituel.

— Vous allez bien ?

Elle sursaute et voit Darren, habillé, rasé de près, debout devant la fenêtre de la chambre.

— Darren ? Mais...

— Vous vous souvenez de cette nuit ?

— Je me souviens que quelqu'un était près de mon appartement, j'ai paniqué et je me suis enfuie par la fenêtre et je me suis retrouvée ici, ensuite... c'est le trou noir, je ne me souviens plus.

Darren prend une grande respiration et lui explique qu'ensuite il lui a dit d'attendre et qu'elle s'est endormie.

— J'en ai parlé avec votre beau-père et vous allez dormir dans la villa.

— Quoi ? Vous rigolez ? Je ne vais pas dormir au deuxième étage, je préfère dormir dehors ! Le deuxième étage doit complètement être rénové, j'y vais juste comme ça et...

— On se calme et on me laisse finir ! Je disais donc que j'ai vu avec votre beau-père et que vous allez occuper la chambre d'amis à côté de la mienne !

— Il vous a dit oui ?

— Disons que j'ai des arguments et un franc-parler qui ne l'ont pas laissé indifférent !

Hope se lève du lit et s'aperçoit qu'elle est en tenue très légère. Darren lui tend son peignoir.

— Il va falloir que vous récupériez vos affaires et...

— Oui, j'y vais de ce pas !

— Non, vous ne pouvez pas y aller toute seule... attendez que j'aie fini mon tour auprès de Kelly et après je vous y accompagnerai.

Hope accepte et sort. Elle se dirige vers la chambre d'amis à côté et s'aperçoit qu'il y a deux femmes de ménage et Kelly. Cette dernière se rapproche d'elle et la regarde de haut.

— Ce n'est pas parce que Darren a pris ton parti auprès de mon père que tu dois penser que tu es ici chez toi ! Ha, oui... Darren est à moi, donc ne t'avise pas de l'approcher et...

Hope n'a pas le temps de répondre qu'elle sent une présence derrière elle.

— Je pense que vous vous trompez amplement, madame Lingland ! Je suis loin de vous appartenir, enlevez-vous vite ça de votre tête ! Ça n'arrivera jamais ! Hope, voici votre téléphone.

Darren descend les escaliers et Kelly se lance à sa poursuite. Hope lève les yeux au ciel et entre dans la chambre. Les femmes de ménage se retirent et la jeune femme s'allonge sur le lit. Elle se touche les lèvres en se remémorant ce qu'il s'est passé la veille. Elle ne l'a pas avoué à Darren, mais elle se souvient très bien de son baiser. Elle s'habille avec des vêtements trouvés dans le dressing de la chambre et appelle Pierre pour lui expliquer ses mésaventures et lui dire qu'elle ne reprendra son travail que demain. La journée se passe et Hope s'occupe en bouquinant et prenant des notes pour son travail. Elle descend vers dix-sept heures et croise son beau-père.

— Il a fallu que tu te fasses remarquer. Tu ne supportes pas que Kelly soit la plus belle, la meilleure ! Tu n'es qu'une jalouse et...

— Tu es sérieux ? Jalouse ? De Kelly ? Non, mais il faut arrêter de délirer ! Je ne serai jamais jalouse d'une idiote qui écarte les jambes pour avoir ce qu'elle veut !

— Tu as intérêt à parler autrement de ta demi-sœur, sinon... sinon...

— Sinon quoi ? Tu veux me faire plus de mal que tu ne m'en as déjà fait ? Je ne crois pas que ce soit possible !

— Mais pourquoi tu ne pars pas d'ici ?

— Rachète-moi mes parts et je m'en vais.

— Tu sais très bien que je ne peux pas !

Hope arrête de batailler avec lui et passe à côté pour aller dans la cuisine. Ce dernier la prend par le bras et la serre.

— Charles ! Lâche-moi !

— Tu ne perds rien pour attendre ! Je ferais tout pour ma fille et ce n'est pas...

— Lâchez-la immédiatement ou je m'en mêle !

Charles et Hope se retournent et voient Darren sur le pas de la porte. Il s'approche et Charles lâche aussitôt Hope, qui s'en va dans la cuisine. Charles regarde Darren.

— Une simple conversation avec ma belle-fille !

— Un peu houleuse, votre conversation, je pense !

Darren entre dans la cuisine et voit Hope se préparer un café. Elle ne se retourne même pas, mais lui demande s'il en veut un.

— Oui, mademoiselle Molit, je veux bien !

— Sincèrement... appelez-moi Hope !

— Oui... Hope, je veux bien, je vous remercie. Je vais vous accompagner à votre logement ensuite.

Ils discutent cinq minutes et se dirigent vers l'appartement de Hope. La nuit est tombée.

Lorsqu'elle rentre dans l'appartement, Hope remarque qu'il y a eu du remue-ménage.

— Mais...

— Oui, votre appartement a été fouillé...

— Non, pas tout l'appartement, seulement les endroits intimes ! Je ne suis pas sûre que ma commode de lingeries et mon lit intéressent vraiment un cambrioleur...

— Bon, faisons vite, vous voulez que je vous aide ?

— Sérieusement ?

— Oui, je suis là, donc autant vous donner un coup de main.

— Merci. Pouvez-vous vous occuper de mon bureau ? Il y a deux caisses, mettez tout dedans, s'il vous plaît.

— D'accord. Vous vous occupez... de votre commode ?

— Non, je ne sais pas qui est entré, qui a pu fouiller. J'irai acheter ce qu'il me faut plus tard. Je vais prendre tout ce que je peux dans la salle de bain et c'est tout.

Au bout de dix minutes, la jeune femme rejoint Darren avec ses affaires, lorsqu'elle entend des pas dehors. Darren se retourne d'un coup.

— Ne vous inquiétez pas, ce sont Karl et Teri qui font leur tour de garde et...

— Karl et Teri ne font jamais de ronde près des logements ! Baissez la luminosité !

Hope éteint les lumières et commence à paniquer. Darren le ressent, car il entend sa respiration s'accélérer.

— Calmez-vous...

Les pas se rapprochent de la porte d'entrée et son téléphone sonne. Darren lui fait signe de répondre.

— Hum, tu n'as pas peur, tu es revenue...

— Que me voulez-vous ?

— Si tu savais...

Pour Hope, c'en est trop, elle sort du logement et se met à hurler devant sa porte :

— Venez ! Vous attendez quoi ? Que voulez-vous ? Où êtes-vous ?

Darren sort également, arme au poing et se met devant Hope.

— Vous êtes vraiment inconsciente !

— Je ne vais pas me terrer parce qu'un psychopathe n'a pas eu sa dose !

Hope entre dans la maison et récupère ses affaires. Darren l'aide et ils remontent dans la villa. Pendant ce temps, Darren en profite pour demander à Karl et Teri de faire un tour, car le rôdeur est toujours là. Hope entre dans sa chambre et entasse ses affaires. Darren en fait autant.

— Bon, si vous avez besoin de moi... je suis dans ma chambre !

— C'est bon, je vous remercie ! De toute façon, ce soir, je sors avec des amis !

— Vous allez où ? Vous êtes sûre que c'est une bonne idée ?

— Oui, c'est une bonne idée ! Je ne vais pas rester enfermée à la maison !

— Très bien, bonne soirée ! Si vous avez besoin, frappez à ma porte !

Darren part et se heurte à Micka.

— Que se passe-t-il ? Que fais-tu là ?

— Je viens voir Hope, je veux savoir comment elle va !

Micka reste sur le pas de la porte. Il voit Darren entrer dans sa chambre et voit également Kelly le faire. Lui s'approche d'Hope.

— Tu vas bien ?

— Oui, ne t'inquiète pas. Tu m'attends ici, car je dois aller rendre le peignoir à Darren, il me l'a donné la nuit dernière.

Micka arbore un léger sourire et lui dit d'y aller. Hope s'avance près de la chambre de Darren et oublie de frapper. Elle entre et découvre Kelly en petite tenue à cheval sur Darren. Cette dernière foudroie Hope du regard.

— Tu ne peux pas frapper avant d'entrer !!

— Hé ! Ne t'énerve pas, je venais juste rendre le peignoir à Darren. En aucun cas, je ne voulais assister à tes prouesses sexuelles.

Hope sort et se réfugie dans sa chambre. Micka la regarde et lui demande, innocemment :

— Tout va bien ?

— Oui... tu peux me laisser, s'il te plaît ? Je sors ce soir et je dois me préparer...

— Bien sûr… Passe une bonne soirée, Hope, et n'hésite pas à m'appeler, s'il y a un souci.

Micka sort et Hope se retrouve seule face à ses sentiments, ses pensées, ses questions.

— Mais pourquoi je ressens comme un pincement au cœur, pourquoi ça me fait si mal de le voir avec elle, pourquoi je ressens encore le goût de ses lèvres sur les miennes... Il faut que j'arrête de penser à tout ça, il faut que je me vide la tête, il faut que...

Hope arrête de penser. Elle entend un bruit sur sa terrasse et voit la porte-fenêtre s'ouvrir.

Chapitre 5

Darren voit Hope refermer la porte de sa chambre et jette sans ménagement Kelly par terre. Cette dernière jure.

— Mais ça ne va pas la tête ? On commençait à bien s'amuser !

— Non ! Vous vous amusiez toute seule. Maintenant, je vais être clair avec vous : sortez définitivement de ma chambre, ne me parlez plus et ne vous approchez plus de moi, car si vous me refaites un coup du genre, je peux vous promettre que je pars sur-le-champ avec mon équipe et que je vous fais une sale réputation auprès des autres services de sécurité !

— On ne me refuse jamais rien et vous ne me faites pas peur !

— Ça peut s'arranger, madame Lingland, vous pouvez compter sur moi ! Maintenant, sortez de ma chambre !

Kelly sort de la chambre, furieuse. Darren se passe la main dans les cheveux et sort de sa chambre pour rejoindre celle d'Hope. Il frappe, mais personne ne répond, essaie d'ouvrir, mais c'est fermé. Il le sait, elle est là. Il repart dans sa chambre et se met à faire les cent pas.

— Pourquoi ça me touche autant ? Après tout, je fais ce que je veux, je n'ai aucun compte à lui rendre. J'ai quarante ans et je ne vais pas me justifier auprès d'une nana de vingt-sept ! Il faut que je le lui dise !

Darren sort sur sa terrasse et remarque qu'Hope en a une aussi. Il l'enjambe et ouvre la porte-fenêtre. Il se retrouve face à une Hope un peu déconcertée.

— Vous faites quoi dans ma chambre ? J'ai une porte, vous savez !

— J'ai frappé, vous n'avez pas répondu, et je devais vous parler !

— Écoutez, si c'est pour me parler de la scène que j'ai vue... Vous êtes grand, vous faites ce que vous voulez, vous n'avez aucun compte à me rendre ! Maintenant, je dois me changer pour ma soirée, donc j'aimerais que vous sortiez !

— Hope, vous êtes si froide d'un coup. D'habitude, ce rôle-là est le mien ! Comme vous dites, je n'ai aucun compte à vous rendre, mais...

— Mais rien du tout ! Sortez ! Vous faites ce que vous voulez avec Kelly !

— Je n'ai rien fait. Elle est entrée dans ma chambre et s'est jetée sur moi. Je n'ai rien fait !

— Vous savez, je connais Kelly et... aucun homme ne lui a résisté, vous ne seriez pas le premier et ni le dernier ! Ne vous justifiez pas, je ne dirai rien !

Hope se tourne vers son dressing, mais elle ressent une présence près d'elle. Elle se retourne et se trouve bloquée entre sa penderie et le corps de Darren.

— Je rêve ou j'ai l'impression de ressentir de la jalousie ?

Hope rigole, mais dans la pièce, on entend bien que son rire est nerveux.

— Moi ? Jalouse de Kelly ? Pour vous ? Vous voulez rire, j'espère ? Vous n'êtes vraiment pas mon type ! Vous êtes froid, distant, hautain et pas humain !

— Cela ne vous a pourtant pas dérangé hier soir, mademoiselle Molit...

— Hier soir ? Je ne comprends pas de quoi vous parlez...
Je ne comprends rien ! Sortez de ma chambre et... et...

Darren se rapproche encore plus d'elle, glisse sa main
sur la nuque de la jeune fille et s'empare de ses lèvres avec
douceur. Hope, au début réticente, se laisse transporter
dans ce baiser plein de passion, plein d'érotisme. Elle ne
peut s'empêcher de s'accrocher au bras de Darren. Un bruit
à la porte les stoppe. Darren se détache d'elle et redevient
aussi froid qu'avant.

— Je n'aurais pas dû, je me suis laissé emporter ! Ça
n'arrivera plus, veuillez m'excuser !

Darren repart comme il est venu et Hope va ouvrir la
porte. C'est Pierre.

— Bon, tu es prête pour la soirée ?

— Heu... je ne vais pas venir... je ne me sens pas bien...

— Oui, avec ce qu'il s'est passé, je comprends. On se voit
demain au boulot ?

— Oui, je serai là !

Pierre sort et Hope ne peut s'empêcher de penser à ce
qu'il vient de se passer. Ça la bouleverse totalement.

Darren retourne dans sa chambre et va dans la salle de
bain. Il met sa tête sous l'eau froide. Il se relève, se secoue
et se regarde dans le miroir.

— Mais qu'ai-je fait ? Ce n'est pas possible ! Je l'ai dit, je
ne veux pas de femme dans ma vie ! Avec elle, je ne sais pas
ce qu'il se passe, mais il faut que ça s'arrête tout de suite !
Je ne dois plus être en contact avec elle !

Le lendemain, Hope se dirige dans la cuisine pour
prendre son café et croise Darren. Ce dernier ne dit rien
et sort immédiatement. Hope reçoit comme un coup de
poignard dans la poitrine. Elle se dépêche, monte dans sa
voiture et part à son bureau, où elle retrouve Pierre.

— Salut ! Tu vas mieux qu'hier ?

— Oui, ça va...

— Petite voix ? Ça n'a pas l'air d'aller, raconte-moi tout de suite !

— Pierre... je... je...

Hope éclate en sanglots et raconte tout à Pierre : le soir où elle a eu peur dans son appartement, où elle a couru dans la chambre de Darren, le premier baiser, ainsi que le mal qu'elle a ressenti quand elle a vu Kelly sur Darren et enfin quand ce dernier est venu dans sa chambre et l'a embrassée.

— Ma chérie... tu es amoureuse ?

— Non ! Ce n'est pas de l'amour... Il est très attirant physiquement, je ne peux pas le nier, mais... je ne peux pas tomber amoureuse d'un homme si froid, si dur, si distant, si.... Aaah, je le hais !

— Tu sais de la haine à l'amour...

— Arrête avec tes proverbes ! Bref, on se remet au travail, j'ai l'anniversaire de la fille des Fridor à préparer ! Elle a 18 ans et ils veulent fêter ça en grand ! J'ai un autre rendez-vous avec eux aujourd'hui.

Pierre veut faire une remarque, mais il sait très bien que ça ne servira à rien. Il aide Hope toute la journée et va même au rendez-vous avec elle. Le soir, vers 19h, il commence à ranger les affaires.

— Hope, on reprendra demain. Je dois rentrer, Julien est à la maison.

— Je suis désolée, je n'ai pas vu l'heure passer. File le retrouver, je rentre plus tard.

— Mais...

— S'il te plaît, je ne te demande pas de me comprendre, mais... laisse-moi faire les choses comme je le sens.

— D'accord... passe une bonne soirée...

Pierre s'en va et Hope se plonge corps et âme dans le travail. Vers 21h, elle entend frapper à la porte du bureau d'en bas. Elle y va et voit Micka. Elle ouvre.

— Bonsoir, que me veux-tu ?

— Tu es toujours un peu froide...

— Il faut dire qu'après ce qu'il s'est passé... tu m'as refroidie !

— Je suis vraiment désolé... mais je t'aime, je n'y peux rien, c'est comme ça...

— Tu connais mon point de vue là-dessus.

Micka se rapproche d'elle et lui caresse l'épaule. Hope recule brusquement.

— Je t'ai dit non, Micka !

Elle voit Micka se reculer. Il serre les poings et tape dans la poubelle à côté de lui. Un passant s'arrête et regarde Hope.

— Vous allez bien, mademoiselle ?

— Oui, je vous remercie. Ne vous inquiétez pas, ce monsieur allait partir !

Micka râle et fait demi-tour. Hope rentre dans son bureau, mais ne peut pas fermer la porte, un pied la coince.

— Micka ! Je t'ai dit que je ne voulais pas être avec toi et... Darren ?

Effectivement, en se retournant, Hope s'aperçoit que c'est Darren qui est là.

— Encore des problèmes avec Micka ? Je vais lui parler un peu plus sévèrement pour qu'il vous laisse tranquille !

— Merci... que voulez-vous ?

— Vous parlez et... j'ai emmené à manger !

Hope sourit et le laisse entrer. Ils montent dans son bureau et Darren sort tous les aliments de son sac.

— De quoi voulez-vous parler ?

— Je pense que vous le savez très bien. J'y ai pensé toute la journée.

— Je suis surprise qu'un homme tel que vous ait été perturbé par un simple baiser !

— Vous me prenez vraiment pour un homme sans cœur ?

— Je ne dirais pas sans cœur, mais... froid, indécis, un peu rustre, goujat aussi...

— Ne citez pas toutes mes qualités d'un coup, vous allez me faire rougir !

— J'en ai d'autres en réserve si vous voulez ? Vous n'allez tout de même pas me dire qu'après notre baiser, vous voulez m'épouser ?

— Ha, non, sûrement pas !!

— Je ne sais pas trop comment le prendre, mais bon...

— Hope, vous savez très bien pourquoi je dis ça. Je suis contre le mariage ! Par contre... vous l'avez ressenti, vous aussi, j'en suis sûr... Quand nous sommes ensemble...

— Quoi ?

Darren s'approche d'elle et la regarde au plus profond de son être.

— Vous savez de quoi je parle...

Il s'approche encore plus et, de nouveau, il dépose ses lèvres sur les siennes. Hope ne peut que répondre à ce baiser plein d'ardeur. Elle sent que tout tourne autour d'elle, elle perd littéralement pied. Darren la porte et la pose sur son bureau. Elle sent même la main de ce dernier se promener sur sa cuisse. À ce moment, un éclair traverse sa tête et elle met fin au baiser. Darren la regarde en la questionnant.

— J'ai fait un truc qui ne fallait pas ? Tu es vierge peut-être ? Je suis désolé... j'ai peut-être été brusque...

— Darren, tu attends quoi de moi, de notre relation, de nos rendez-vous ?

— Je ne veux pas qu'on se prenne la tête ! On s'amuse et...

— Dans ce cas, c'est non. Je ne veux pas « m'amuser », je ne recherche pas ça...

— Tu as 27 ans, ne te prends pas la tête avec le grand amour et...

— Je me prends la tête si j'en ai envie. Oui, j'attends l'homme avec lequel partager ma vie. Je ne veux pas d'une histoire sans lendemain ou d'un *sex friend*.

— Mais, physiquement, il y a un truc entre nous. Je ne peux rien t'offrir d'autre. Tu sais, ça peut être marrant et...

— Marrant ? Coucher avec moi peut être « marrant » ? Non, Darren, nous n'avons pas la même définition du mot « marrant ». Je ne suis pas sûre que ça marche. Tu es peut-être pas mal physiquement, mais c'est tout ce que tu as pour toi !! Sors de là !

— Oui, effectivement, tu as raison, je ne vais pas me prendre la tête avec toi. Il y en a plein d'autres qui prendront ta place !

— Je n'en doute pas et tu as un beau spécimen à la villa ! Sors de là ! Je te déteste !

Darren claque les portes et sort du bureau d'Hope. Cette dernière ferme la porte à clé et baisse le rideau de fer. Elle remonte dans son bureau et met la nourriture que Darren a apportée au frigo, prend une couverture et se pose sur son sofa. Elle s'endort avec une larme au coin des yeux.

Dans la villa, Darren rentre furieux dans sa chambre et commence à parler tout seul.

— Elle espérait quoi ? Que je me promène avec elle, main dans la main ? Que je la demande en mariage ? Que je joue l'amoureux transi ? Mais c'est qui, cette femme ? Jamais je ne me plongerai dans une histoire, même si elle est belle, magnifique, a une chevelure flamboyante, des yeux enivrants... intelligente, caractérielle... putain, mais merde, il m'arrive quoi ? J'ai eu plein de plans cul avec des femmes et elle... elle m'a ensorcelé !

Darren se déshabille et prend soin de fermer sa porte à clé. Il va sous la douche. L'eau coule sur lui comme un ruisseau sur une pierre, elle suit les courbes de son corps, en n'oubliant aucune partie. Il ne peut s'empêcher de penser à Hope. Il ferme les yeux et a l'impression de l'avoir près de lui dans la douche. Il s'aperçoit également que cette simple pensée réveille certaines envies en lui.

*

Le lendemain, lorsque Pierre arrive au bureau, il s'aperçoit très vite que quelque chose ne va pas. Il monte et voit Hope endormie sur le sofa.

— Hope ? Mais que fais-tu ici ?

La jeune femme explique tout à Pierre.

— Il ne serait pas amoureux de toi ? Il revient souvent à la charge, ce Darren ! J'ai une magnifique idée pour...

— Laisse tomber, je ne veux plus rien avoir à faire avec lui !

— Vu l'état dans lequel ça te met, j'en doute ! Je sais que, ce soir, Luc et son copain Micka vont au *Clayton's* !

— Le nouveau bar ?

— Oui ! Je le sais, car Alix y va. Elle y rejoint Luc. Il faudrait que ce dernier arrive à pousser Darren à y aller !

— Pour quoi faire ? Tu ne comptes tout de même pas sur le fait que j'y aille et... Ha, non, pas de plan foireux !

— Je veux juste vérifier une théorie. Dis oui !

— Je vais y réfléchir... mais je n'ai pas dit oui.

Hope travaille avec acharnement toute la journée. Le soir, Pierre rentre dans son bureau, il éteint son ordinateur et la force à se lever.

— Tu viens chez moi !

— Quoi ? Mais non... je ne vais pas venir...

— Arrête, viens, ça va te faire du bien ! De toute façon, il ne vient pas, j'ai vu avec Luc et il n'a pas réussi à le convaincre !

Pierre traîne Hope chez lui. Une fois arrivés, ils commencent à se préparer.

— Mais je n'ai rien à me mettre !

— J'allais oublier de te donner quelque chose, tiens !

Hope ouvre un sac et découvre une petite robe vert émeraude.

— Elle est magnifique ! Mais pourquoi tu as fait ça ? Il ne fallait vraiment pas ! Tu es fou !

— Tu as fait tellement de choses pour moi, tu m'as aidé avec Julien. Tu mérites qu'on te soutienne dans les mauvais moments !

Hope éclate en sanglots et se précipite dans les bras de Pierre. Elle enfile la robe et se regarde dans le miroir. Julien rentre au même moment.

— Tiens, tiens, je retrouve mon mec avec une femme sexy dans notre salon... Je ne sais pas comment le prendre !

Pierre et Hope rigolent, Julien fonce se changer et tous les trois rejoignent Alix au bar. C'est un bar avec un côté restaurant, un côté-bar et une piste de danse avec des banquettes autour. Les quatre amis se mettent à une table. Au bout d'une heure Alix se lève et va vers un groupe d'hommes. Elle en embrasse un et Hope n'a pas de mal à reconnaître Luc. À côté de lui, il y a Micka et... Darren !

— Tu m'as dit qu'il ne serait pas là !

— Il ne devait pas venir !

— Mais bien sûr ! Si c'est un piège, je ne trouve vraiment pas ça drôle. Je te croyais mon ami !

— Il a raison. Darren ne devait pas venir, mais au dernier moment, il a changé d'avis.

Hope se retourne et voit Luc, qui tient Alix par la taille. Il l'embrasse dans le cou et demande à Hope de lui parler à l'écart.

— Écoute...

— Toi aussi, tu vas me faire comme Micka, prendre sa défense et après...

— Calme-toi, Micka ne risque pas de prendre sa défense. On sait tous qu'il te harcèle et, en plus, il connaît Darren depuis un an... Moi, je le connais depuis 20 ans...

— Pourtant, il m'a dit que...

— Non, non, crois-moi, je connais Darren et la dernière fois que je l'ai vu comme ça... c'était avec Gwen. Il était très amoureux, mais à y penser de plus près, il a un comportement plus mature et il est beaucoup plus jaloux et ronchon qu'avec son ex.

— Mais il n'est pas amoureux de moi et moi non plus !

Hope s'en va, mais Luc la retient.

— Tu es dans le même état que lui, vous ne savez pas ce que c'est et vous vous cherchez... ne vous faites pas souffrir.

Pierre vient les interrompre et invite Hope à danser. Cette dernière accepte et commence à danser avec lui. Il lui marche sur les pieds sans arrêt et elle est obligée de rire.

— Tout le monde n'a pas fait 8 ans de danse, ma chère !

Un homme avec une grande carrure et habillé d'un costard s'approche d'eux.

— Dans ce cas, puis-je prendre votre place, car depuis tout à l'heure, mademoiselle Molit essaie de vous emmener vers un tango, mais je vois que vous n'y arrivez pas...

— Mais, je vous en prie, monsieur Wingleton, prenez ma place !

Hope ouvre grand les yeux et commence à vouloir partir, mais elle sent la main chaude de Darren dans la sienne. Elle se retourne et croise son regard. Elle le défie.

— Je croyais que tu n'avais peur de rien... Un tango avec moi risque de te mettre mal à l'aise devant tes collègues !

Darren rigole légèrement et la serre contre lui. Il l'emmène dans un tango assez sensuel, Hope peut sentir chaque muscle du corps de Darren contre le sien. Ils sont si proches, elle sent également sa respiration s'accélérer. Les gestes de Darren sont doux et à la fois très érotiques. La musique s'accélère et Darren s'avère être un excellent danseur. Ses mains parcourent le corps de la jeune fille, qui ne se gêne pas non plus pour faire de ce simple tango une danse entre amants. De loin, ils font penser à un couple qui se cherche, mais certainement pas à des amis.

Observant la scène de loin, Micka boit son verre d'un trait et sort, furieux, du bar. Il va dehors et allume une cigarette.

La musique s'arrête et Darren s'incline devant Hope et s'éloigne d'elle. Une larme commence à couler sur la joue de la jeune femme, mais elle ne dit rien, elle préfère partir en courant dehors. Elle se retrouve derrière le bar et pleure.

— Pourquoi tu pleures ?

Hope sursaute et remarque que Darren l'a suivie.

— Pourquoi tu m'as suivie ?

— Je viens de danser avec une femme sublime et, le temps que j'aille chercher à boire, elle s'enfuit en courant, donc je suis en droit de me poser des questions.

— Tu étais parti nous chercher à boire ? Je croyais que... que...

Darren se déplace vers elle d'une démarche sensuelle et élégante. Arrivé au niveau d'Hope, il se penche à son oreille.

— Tu croyais quoi ?

— Que... que... non rien, laisse tomber... je vais rentrer.

— Je vais te le dire, moi, ce que tu croyais : tu croyais que j'étais parti et que je t'avais planté là... j'ai fait cette erreur deux fois... je ne veux plus la faire !!

— Je ne comprends pas...

— Écoute, depuis l'autre soir où j'ai dû t'embrasser pour te calmer, j'ai ton goût sur mes lèvres et, malgré le fait que je fasse tout pour ne pas penser à toi... je n'y arrive pas, tu es dans toutes mes pensées, au travail, dans mon lit, sous la douche, à tout moment de la journée. Je ne veux qu'une chose reposer mes lèvres sur les tiennes. Je ne sais pas ce qu'il m'arrive, je n'ai pas ressenti ça depuis très longtemps... et encore je n'ai pas l'impression que c'était si fort ! Je veux te garder près de moi Hope et en même temps... je veux m'éloigner. Je ne sais pas si tu me comprends, mais...

Darren arrête de parler, car, ce coup-ci, ce sont les lèvres d'Hope qui se sont emparées des siennes. Il ferme les yeux et approfondit le baiser. Il rapproche son corps du sien, leur baiser dure. Hope a l'impression de décoller du sol, plus rien n'existe autour d'elle. D'un coup, elle s'arrête et pose son front sur celui de Darren.

— On fait quoi maintenant ? Je sais que tu ne veux pas être en couple, que tu ne veux rien de tout ça et...

— Et si on essayait de vivre au jour le jour et de voir ce que ça donne, sans se prendre la tête, mais... en restant l'un près de l'autre ?

— Tu veux le garder pour nous ?

— Comme tu veux... Peut-être que, le temps que je suis en mission pour Kelly, on pourrait faire attention... et après...

— Après, tu repartiras...

— Hope... Nous n'en sommes pas là, découvrons-nous. Je ne suis pas quelqu'un de facile, crois-moi !

Hope sourit et commence à repartir à l'intérieur du bar. Elle se tourne et regarde Darren.

— Ho... mais, moi non plus, je ne suis pas facile à vivre, monsieur Wingleton !

Hope rentre et il la suit en souriant. Non loin de là, un homme a assisté à toute la scène. Ce dernier frappe dans la poubelle à côté de lui et s'en va en jurant. Il monte dans sa voiture et regarde son rétroviseur intérieur.

— Mademoiselle préfère les hommes inaccessibles, froids et durs apparemment... Elle va me le payer !

Chapitre 6

La soirée se finit et Hope et Darren restent discrets. Tout le monde rentre et, une fois dans sa chambre, Hope se pose sur son lit et attrape son téléphone. Dessus, il y a un SMS d'un numéro inconnu :

Je t'ai vu et j'ai vu le genre d'homme que tu aimes, costaud, autoritaire. Moi aussi, je peux être viril contre ton corps, ma belle ! Méfie-toi et ferme bien ta fenêtre, je vais te montrer ce qu'est un homme, un vrai !

Hope prend peur et court tambouriner à la porte de Darren. Ce dernier lui ouvre.

— Que se passe-t-il ?

Hope a de nouveau du mal à respirer, mais lui tend son téléphone.

— Le salaud ! Respire, calme-toi...

Darren prend Hope dans ses bras et elle s'aperçoit qu'il est torse nu. Elle commence à l'embrasser et s'emballe. Elle le caresse au niveau des épaules, des bras, commence à se promener sur son torse, mais Darren l'arrête.

— Hope, arrête ! Tu fais ça, car tu as eu peur. Je ne veux pas faire ça dans ces conditions-là.

Hope arrête, respire et repart dans sa chambre en claquant la porte, Darren soupire et regarde sa porte.

— Mademoiselle est très susceptible, en plus !

Hope entre dans sa chambre ferme tout à clé, sa porte et la fenêtre, puis file sous la douche.

— Mais qu'est-ce qui m'a pris... Je vais lui demander de l'aide et je lui saute dessus... J'ai honte...

Hope sort de la douche, se sèche et se met une de ses nouvelles nuisettes. Elle se regarde dans le miroir et rougit toute seule en se voyant. Elle n'avait jamais osé porter de la lingerie aussi sexy, mais quand elle l'avait vue dans la vitrine, elle n'avait pas pu résister. Elle est d'un rouge vif, très décolleté et s'arrête en dessous des fesses. Elle se sourit et sort de sa chambre pour se retrouver nez à nez avec Darren.

— Mais... que fais-tu là ?

Darren la regarde plusieurs fois et, pour une fois, c'est lui qui entend sa respiration s'accélérer.

— Je te le dis dès que tu as passé un peignoir ou autre...

Hope va dans sa salle de bain et se met un déshabillé en satin qui descend jusqu'au mollet.

— C'est encore plus sexy... bref... ça va mieux ?

— Oui, mais... comment tu es entré ?

— J'ai la clé... quand j'ai commencé à travailler avec ton beau-père, il m'a donné le double de toutes les pièces et j'ai eu peur pour toi...

— Je vais bien, bonne nuit.

Darren attrape le poignet d'Hope et la fait tourner dans ses bras.

— Serais-tu susceptible ou aurais-tu honte ou... je ne sais quoi d'autre ?

— Je ne comprends pas ce que tu dis...

— Tu étais prête à me sauter dessus tout à l'heure et... j'ai bien senti que ma remarque t'a blessée et ce n'était pas mon intention. Tu es belle, magnifique, sexy, mais on a dit qu'on prenait notre temps et d'un coup...

— Oui, j'ai compris, j'ai eu peur et... oui, j'ai essayé de me rassurer...

— Ne t'inquiète pas, j'ai mis quelqu'un sur le coup ! Quant à toi...

Darren la porte jusqu'au lit, la dépose et l'embrasse. Il ne peut s'empêcher d'aventurer ses mains sur le corps d'Hope.

— Tu me dis qu'il faut prendre le temps, mais...

— Oui, tu as raison, mais tu es magnifique, sublime !

Hope laisse ses ongles se promener sur le bras de Darren et plonge son regard dans le sien. Il se penche et prend possession de ses lèvres. Hope laisse ses doigts caresser le dos de Darren, elle glisse ses doigts au niveau des boutons de sa chemise et les défait un par un pour en arriver à lui enlever le vêtement. Darren se redresse et respire un grand coup.

— Tu es sûre de toi ?

— Ho oui !

Darren s'empare de nouveau des lèvres d'Hope avec une passion enivrante. Tous les deux se retrouvent dans un tourbillon de plaisir. Darren laisse ses mains se promener sur les cuisses d'Hope et les remonte petit à petit. Il en arrive à caresser le bouton d'amour de la jeune femme. Cette dernière se cambre un peu plus sous lui, il accélère les mouvements jusqu'à entendre les cris d'Hope à son oreille. Il se lève, enlève son jeans et son boxer. Son sexe est fièrement dressé. Discrètement, il attrape un préservatif dans son portefeuille et l'enfile. Il se remet ensuite sur Hope et plonge ses yeux dans les siens. Cette dernière lui fait un regard coquin et le force à se mettre sur le dos.

— D'habitude, c'est moi qui contrôle !

Darren arrête de parler, il est déjà sur le dos avec Hope à califourchon sur lui, elle se penche à son oreille.

— Alors, laisse-toi faire si tu n'as pas l'habitude !

Hope se positionne sur le sexe de Darren et l'enserre en elle en poussant un petit cri. Elle commence à effectuer de petits va-et-vient et sent les mains de Darren sur sa taille. Ce dernier ne peut s'empêcher de contrôler les va-et-vient en faisant danser Hope sur son sexe. Il arrive à basculer la jeune femme sur le côté et se repositionne en elle en position de la cuillère. Il s'enfonce de plus en plus vite et de plus en plus fort. Hope commence à avoir du mal à retenir son plaisir. Elle s'accroche aux draps tout en criant de jouissance. Darren s'accroche à la poitrine de la jeune femme et vient peu après elle. Le couple est exténué, Hope s'enfonce un peu plus dans les bras de Darren. Ce dernier la couvre avec le drap et l'embrasse dans le cou. Peu de temps après, Hope s'endort. Le lendemain, Hope se dépêche et part à son travail. Elle est stoppée au portail par Darren.

— Salut, mais tu fais quoi ici ? Ce n'est pas toi d'habitude, c'est Karl.

— Moi aussi, je suis content de te voir ! Oui, je sais que c'est Karl d'habitude, mais... je voulais savoir s'il y avait du nouveau par rapport à ton SMS de cette nuit.

— Ha OK. Bon, j'y vais dans ce cas. Bonne journée.

Hope commence à redémarrer, mais Darren ouvre la portière, se penche et l'embrasse, puis se relève.

— C'est tout ? Après la nuit que nous avons passée ?

— Comme tu n'as rien dit après, je ne savais pas si ça t'avait plu...

— C'était une des meilleures nuits de ma vie ! Passe une bonne journée !

— Toi aussi...

Hope s'en va et, non loin de là, une jeune femme a assisté à toute la scène et rentre furieuse dans sa chambre.

— Voilà pourquoi il m'a repoussée ! C'est parce qu'elle l'a pris dans ses filets ! Cette sale... Elle va me le payer très cher ! Je ne vais pas la laisser faire !

Kelly se précipite à la douche tout en envoyant un SMS à deux de ses amies pour la rejoindre en ville. Pendant ce temps, Hope arrive à son bureau. Elle rentre et voit Pierre tout souriant.

— Tu vas bien ?

— Ho oui ! Plus que bien !

Hope s'interroge, mais monte dans son bureau et découvre un homme dos à elle penché sur ses dossiers.

— Mais que faites-vous ici ? Qui êtes... mon Dieu... KYLLIAN !

Hope se met à hurler de joie et se précipite dans les bras du fameux Kyllian. Ce dernier la serre contre lui.

— Tu m'as tellement manqué...

— Toi aussi ! Je suis vraiment content de te retrouver !

— Tu étais où ? Tu as fait quoi ? Pourquoi tu es parti si longtemps ?

Kyllian explose de rire et propose à Hope d'aller boire un café à côté de son bureau. Elle attrape la main de Kyllian et les deux jeunes gens y vont. Non loin de là, un groupe de filles s'installe.

— Non, mais je rêve !! Regardez les filles !

Le groupe se tourne en direction de Kyllian et Hope.

— Mais tu viens de nous dire que ta sœur était avec Darren...

— Oui et cette garce se tape un autre mec ! Je sens que je tiens enfin ma vengeance !

Durant trente minutes, Hope parle avec Kyllian et le groupe de Kelly s'est même approché un peu. Au moment de partir, Kelly entend Kyllian dire à Hope que, ce soir, ils doivent se retrouver au restaurant, celui en dehors de la ville. Kelly sourit et s'en va, suivie de ses copines. Kyllian raccompagne Hope à son bureau en lui disant que, ce soir, ils se retrouvent à 21h au restaurant.

— Pas de souci ! Pierre peut se joindre à nous ?

— Bien sûr, avec son petit ami et également ton amie, Alix ! Ce serait vraiment marrant et j'ai envie de les rencontrer !

La journée se passe et, vers dix-huit heures, Hope reçoit un SMS de Darren qui lui dit qu'il doit s'occuper de la sécurité de Kelly pendant toute la soirée. Elle a décidé d'aller au restaurant avec ses amies. Hope lui répond qu'il n'y a pas de souci et qu'ils se verront plus tard ou demain.

— C'est Darren ?

Hope lève la tête et regarde Pierre.

— Oui, il doit assurer la sécurité de Kelly ce soir, elle va au restaurant. Ce n'est pas son genre, mais bon... Je vais rentrer me changer, je passe te prendre avec Julien ?

— Vers 20h30 ? C'est bon ?

— Pas de souci !

Hope rentre chez elle et va à la douche. Elle se prépare et, une fois fini, comme convenu, passe prendre Julien et Pierre pour se rendre au restaurant. Elle appelle Alix pour lui indiquer de se rendre directement au restaurant. Une fois devant, elle reconnaît facilement Kyllian. Ce dernier finit sa cigarette.

— C'est mauvais pour la santé !

Hope se rapproche de Kyllian et l'embrasse sur la joue. Elle voit Alix qui arrive et lui fait de grands signes.

— On est là !

Le petit groupe rentre et le serveur les place près d'une piste de danse.

— Génial ! Alors, tu danses toujours Hope ?

— Ha non, j'ai arrêté.

L'apéritif arrive et le petit groupe commence à se détendre. Le repas se passe avec des rires, des souvenirs et plein de choses. Avant le dessert, la musique bat son plein et Kyllian se lève en tendant sa main vers Hope.

— Tu danses ?

— Allez, on va voir si tu n'as rien perdu !

Les deux amis rigolent et les voilà qui dansent un cha-cha endiablé. Alix regarde Pierre en l'interrogeant.

— Pour Hope, je le sais, elle a fait de la danse en professionnel, mais Kyllian...

— C'était son partenaire !

— Ah, j'ai hâte de voir !

Petit à petit, les gens s'écartent de la piste et Hope et Kyllian font le show. À la fin, ils s'effondrent dans les bras l'un de l'autre en rigolant. Près d'eux, on entend des applaudissements, certains sont plus bruyants que d'autres et Hope s'aperçoit que Kelly est près de la piste. Cette dernière affiche un sourire sarcastique et Hope comprend aussitôt. Elle pose son regard sur toute la pièce et découvre Micka, Luc et Darren accoudés près du bar. Darren a les yeux rivés sur elle et il n'y a aucune once de sympathie dans le regard. Kyllian ramène Hope à la table. Cette dernière prend son téléphone et envoie des messages à Darren qui restent sans réponses. Elle le regarde et renvoie un SMS :

Hope : *Pourquoi tu ne me réponds pas ? Je vois bien que tu lis mes messages... Que se passe-t-il ?*

Elle voit Darren regarder son téléphone, mais le ranger aussitôt. Hope soupire, elle regarde le groupe et annonce qu'elle doit rentrer, car elle est fatiguée.

— Tu veux que je te raccompagne ?

— Je te remercie, Kyllian, je vais prendre un taxi... Pierre ? Je te laisse ma voiture pour rentrer. Ne t'inquiète pas, demain je viendrai en taxi. Bonne soirée.

Hope se lève et se dirige dehors, elle passe à côté de Darren sans le regarder.

— Je vais t'appeler un taxi...

Hope se retourne et voit Kyllian. Il remarque qu'elle pleure.

— Je le sens que quelque chose ne va pas... tu ne veux pas m'en parler ?

— C'est gentil, mais non...

Kyllian hèle un taxi et Hope s'engouffre dedans. Elle se penche pour donner l'adresse au chauffeur, mais Kyllian la devance.

— Prends soin de toi et appelle-moi si tu veux... Bonne soirée.

Hope rentre chez elle et se glisse sous la douche chaude. Une fois finie, elle sort, jette un coup d'œil à sa fenêtre et remarque qu'elle est légèrement ouverte. Elle se faufile dans son lit. Une fois installée, elle soupire.

— Tu comptes rester là toute la nuit ?

Une personne tapie dans l'ombre sort.

— Je devais mettre certaines choses au point avec vous, mademoiselle Milot ! Tout d'abord, j'aimerais qu'on en revienne à des relations strictement professionnelles. Ensuite, j'aimerais également avoir un planning exact de vos journées, que je puisse surveiller les va-et-vient des personnes et...

— Et ?

Darren arrête de parler, Hope se lève de son lit et se pointe devant lui. Dans sa tête, Darren ne peut que se l'admettre, même si elle l'a trahi, elle reste très belle et sexy. Même en colère, elle est magnifique, mais, pour l'instant, il n'en est plus là. Dans sa tête, elle l'a trahi et elle s'apprête à se justifier certainement, comme toutes les autres avant elle.

— Moi aussi, je vais mettre les choses au point avec vous, monsieur Wingleton ! Je ne veux plus que vous rentriez dans ma chambre comme bon vous semble. Je ne veux plus vous voir roder devant mon bureau et... je n'ai aucun compte à vous rendre au sujet de mon planning ! Ce n'est pas moi que vous protégez, mais ma sœur ! Maintenant, sortez tout de suite !

Darren est surpris, il s'attendait à ce qu'elle s'excuse, se justifie, mais non, elle le charge. Il n'a pas l'intention de se laisser faire. Jamais aucune femme ne lui avait parlé comme ça.

— Vous vous foutez vraiment de moi ? Je vous ai fait confiance et vous m'avez trahi ! Maintenant, c'est vous qui faites semblant d'être en colère ! Vous n'êtes qu'une garce qui croit que...

Darren arrête de parler, il rattrape la main d'Hope au vol. Cette dernière s'apprête à le gifler.

— Ho non ! Vous m'avez eu une fois, mais pas deux !

— Lâchez-moi, vous me faites mal !

— Vous allez écouter ce que je vais vous dire et...

— Si un jour vous voulez des enfants, je vous conseille de me lâcher, car en plus de crier, il se pourrait bien que je vous empêche de vous servir de vos attributs masculins pendant un certain temps ! Maintenant, et pour la dernière fois, lâchez-moi !

Darren la lâche, passe la porte et la claque. Hope se précipite pour la fermer à clé et mettre une chaise derrière. Elle en fait de même pour la porte-fenêtre. Elle s'allonge sur son lit et pleure. Darren de son côté a rejoint sa chambre et tape dans le mur à côté de son lit.

— Ce n'est pas possible ! Elle n'a même pas cherché à m'expliquer ! Pourquoi je me suis accroché à cet espoir ? Je pensais vraiment qu'elle était différente, je pensais qu'elle arriverait à me sortir de là, je... Toutes les mêmes, en fin de compte ! Je ne veux plus jamais m'approcher de cette diablesse !

Darren se déshabille et se couche. Il ne trouve pas le sommeil. Il se tourne, se retourne, rien n'y fait. Vers trois heures du matin, il se lève et se dirige vers la cuisine. Il remarque que les lumières sont allumées, s'avance prudemment. Du coin de l'œil, il découvre une Hope en nuisette en train de manger de la glace. Il ne peut s'empêcher de la regarder et sent même un désir naître dans le bas de son ventre. Il se secoue la tête et retourne dans sa chambre.

— Elle m'a trahi, je ne peux pas ressentir de désir pour cette femme !

Hope, dans la cuisine, a trouvé un pot de glace et s'empiffre. Ses yeux sont rouges. Elle n'a fait que pleurer depuis que Darren est sorti de sa chambre. Elle ne le connaît pas depuis longtemps, il est très discret et froid, mais elle ne peut pas s'empêcher d'être attirée par lui. D'un coup, elle jette sa cuillère dans l'évier, remet la glace au frigo et tape du poing le plan de travail.

— Non, je ne vais pas laisser un homme tel que lui m'atteindre ou me détruire ! Je dois me reprendre en main. Je ne sais pas pourquoi il réagit comme ça et je m'en fous ! Hope monte dans sa chambre, se couche et s'endort.

Chapitre 7

Une semaine est passée. Hope est chez les Fridor, elle effectue les derniers détails pour l'anniversaire de leur fille, lorsqu'elle reçoit de nouveau un SMS.

Alors, on se retrouve seule maintenant... Le prince charmant n'est plus là ?

Des messages comme celui-là, Hope en a reçu toute la semaine. Elle en a parlé à Luc, mais ce dernier n'a toujours pas d'infos. Elle ne croise presque plus Darren, il a dû vite l'oublier, car depuis deux jours, elle entend une fille gémir le soir dans sa chambre. Elle pleure en secret.

Le soir même, une fois de plus, elle entend des gémissements. Elle n'en peut plus et sort de sa chambre pour aller vers la piscine.

— Une petite brasse ?

Elle sursaute, se retourne et voit Micka.

— Ha, sûrement pas, je ne sais pas nager !

— Tu veux que je t'apprenne ?

— C'est gentil merci... je vais rentrer de toute façon.

— Pourquoi tu es si distante envers moi ?

— Micka... tu le sais très bien. Depuis ce qu'il s'est passé il y a quelques semaines, j'ai beaucoup de mal à m'approcher...

— Avec Darren, tu n'as eu aucun mal pourtant !

— Que veux-tu dire ?

— Ne fais pas l'innocente ! Je sais que vous avez été ensemble à un moment, bon plus maintenant, vu ce qu'il s'est passé !

— Tu es au courant de quelque chose, n'est-ce pas ?

— Peut-être bien ! En attendant... tu es toute seule, ton prince charmant n'est pas là !

À ces mots, Hope sursaute et commence à s'éloigner de Micka, mais ce dernier la rattrape par le poignet.

— Tu comptes aller quelque part ?

— C'était toi depuis le début ! Tu es un grand malade, il faut te faire soigner !

— Et tu vas faire quoi ? Retourner près de lui ? Il ne veut plus de toi. Tu l'entends le soir, il s'éclate avec ta sœur !

Hope commence à pleurer, mais essaie de se défaire de Micka.

— Maintenant, tu vas être entièrement à moi !

— Jamais, Micka, tu as un problème !

Micka s'énerve, il entend du bruit autour de lui. Il rapproche Hope de lui et la regarde furieusement dans les yeux.

— D'accord, tu ne veux pas être à moi... Tu ne seras jamais à lui, crois-moi !

D'un coup, il la jette dans la piscine. Hope se met à hurler, à supplier Micka de l'aider à sortir.

— Aide-moi... je...

Hope s'enfonce de plus en plus dans l'eau.

Plus loin sur la propriété, Darren et Luc font leur ronde et discutent des tourments sentimentaux de Darren, lorsqu'ils entendent un hurlement. Darren ouvre grand les yeux et commence à courir.

— Hope !

Luc court derrière lui, Micka leur barre la route.

— Ce n'est rien, juste les filles qui s'amusent à se faire peur !

Darren regarde Micka dans les yeux. Il sent que quelque chose ne va pas. Il l'écarte et continue de courir avec Luc derrière lui. Ils arrivent doucement près de la terrasse de la piscine. Ils regardent partout, lorsque Luc se met à crier.

— Dans la piscine !!

Darren se retourne et court vers la piscine. Sans comprendre, il saute vers le corps qui flotte. Il le récupère et l'emmène au bord. Luc aide à le hisser.

— C'est Hope !

Darren commence un massage cardiaque et lui fait du bouche-à-bouche pendant que Luc appelle les secours. Au bout d'un moment, Hope commence à cracher de l'eau et à ouvrir les yeux. Elle reconnaît Darren et s'accroche à son cou.

— Mi... Mic... Micka !

— Que voulez-vous... que veux-tu me dire ? Micka ? C'est Micka qui t'a poussée ?

Au même moment au *talkie*, Darren reçoit un appel de Karl.

— Darren ? Micka vient de partir à vive allure dans sa voiture ! Il a failli me renverser. Que se passe-t-il ?

— Je t'expliquerai plus tard. Une ambulance va arriver, laisse la passer.

Darren se penche vers Hope.

— Les secours arrivent, reste avec moi !

Hope s'évanouit dans les bras de Darren. Avec tout ce remue-ménage, Charles et Kelly sortent de la maison. Kelly remarque sa demi-sœur dans les bras de Darren.

— C'est quoi cette histoire ? Que fait-elle dans tes bras ?

— Écoutez, mademoiselle Lingland, ce n'est pas le moment de me faire une pseudo crise de jalousie. Je pense avoir été clair avec vous !

Kelly, furieuse, repart dans la villa. Charles s'approche de Darren.

— Vous allez m'expliquer ce qu'il se passe ?

— Votre belle-fille a failli se noyer et j'ai sauté pour la sauver et... voilà l'ambulance, excusez-moi !

Darren porte Hope jusqu'à l'ambulance. Une fois dedans, il la laisse partir et se rapproche de Karl.

— Il est où ?

Darren est furieux, il est comme un lion en cage. Il voit Luc sourire discrètement.

— C'est quoi qui te fait rire ? Le fait qu'Hope ait failli se noyer ? Le fait que Micka l'ait poussée dans l'eau ?

— Calme-toi ! Non, tout cela ne me fait pas rire ! La seule chose c'est que... je remarque que tout à l'heure, c'était une garce et que maintenant... tu serais prêt à tuer tout le monde !

Darren ne dit rien et rentre dans la maison, appelle Micka, mais sans succès. Il est deux heures du matin lorsqu'une voiture arrive dans la propriété. Darren descend à toute vitesse et voit Hope en compagnie de son ami Pierre. Ce dernier s'approche de Darren.

— Elle va bien, c'est juste le choc psychologique... Elle venait d'avouer à Micka qu'elle ne savait pas nager et...

Darren veut s'approcher d'elle, mais Pierre s'y oppose.

— Laissez-la, vous l'avez fait souffrir. Je ne veux pas qu'elle ait mal pour un homme qui ne veut pas d'elle.

— Je veux la voir !

Hope s'approche et pose sa main sur l'épaule de Pierre.

— C'est bon, je te remercie, je peux y arriver.

— Il faut que tu te reposes. Va chercher tes affaires, je t'attends.

— Va m'attendre dans la voiture, s'il te plaît.

Pierre obéit, retourne à la voiture et Hope monte dans sa chambre. Elle attrape une valise et met ses vêtements dedans, ainsi que ses affaires de toilettes.

— Pourquoi tu ne me parles pas ? Ce n'est pas anodin ce qu'il s'est passé et j'en suis désolé. Je ne sais pas pourquoi Micka a réagi comme ça ! Il ne s'était jamais produit ce genre d'incident avant...

— Darren... je veux me reposer, je vais aller chez Pierre. Je reviendrai quand vous serez partis... Je ne veux pas rester dans cette maison où je peux ressentir tant de haine autour de moi, que ce soit de vous, de Kelly ou de mon beau-père. J'en ai marre !

Hope se penche pour attraper sa valise, mais Darren est plus rapide.

— Reste... tu m'as fait du mal, mais... reste. Je t'ai dit que je ne voulais plus te parler, mais c'est faux. Nos conversations me manquent, tu me manques... Je peux pardonner ta trahison et...

— Ma trahison ? Mais de quoi tu parles ? Laisse-moi passer ! Je ne comprends rien et, après ce que j'ai vécu ce soir, j'ai besoin d'y voir clair !

Hope prend sa valise, sort de la chambre et se précipite dans la voiture de Pierre. Elle entend Darren hurler son prénom, mais elle ne se retourne pas et s'en va. Pierre démarre et la voiture s'efface dans la nuit. Darren, sur le perron de la villa, ne comprend plus rien.

— Elle fait l'innocente ? Elle se joue de moi ? Pourtant, elle n'avait vraiment pas l'air de comprendre de quoi je parle, elle n'avait pas l'air de comprendre pourquoi je lui ai parlé comme ça. Je ne comprends plus rien non plus, je suis totalement perdu.

*

Une autre semaine passe et Hope a repris son travail avec beaucoup d'entrain. Elle a même reçu un gros contrat pour un mariage, le contrat qu'elle attendait, celui qui va enfin lui faire quitter la villa. Elle n'a pas eu des nouvelles de Darren et a beaucoup de mal à s'en remettre. Ce matin, Kyllian lui a proposé de passer chez lui. Il a décidé de s'installer en ville. Il doit lui parler de quelque chose. Hope arrive devant l'adresse indiquée, une jolie petite maison de résidence. Elle descend de sa voiture et remarque une voiture noire qui se gare également. Elle fronce les sourcils. Cette voiture, ça fait une semaine qu'elle la voit la suivre. Elle ne va pas se laisser faire. Elle s'approche de la voiture.

— Que faites-vous là ? Ça fait une semaine que vous me suivez ! Vous êtes qui ? Dites-le-moi, sinon j'appelle la police et...

L'homme au volant ne parle pas. Il prend son téléphone, appelle un numéro et le tend à Hope.

— Allô ? Allô ? Qui êtes-vous, je vous préviens que...

— Calme-toi...

— Darren ? Mais c'est quoi cette histoire ? Expliquez-moi tout de suite !

— Ne t'énerve pas, je t'en prie et... arrête de me vouvoyer.

— C'est VOUS qui m'avez dit de le faire !

— Je sais... mais je regrette. Cet homme est là pour te protéger. Je savais que, si je t'en parlais directement, tu aurais refusé. Je l'ai fait pour ta sécurité, car Micka est introuvable... Je ne voulais pas qu'il t'arrive quoi que ce soit...

— Je vous... te remercie beaucoup, mais je peux y arriver toute seule ! Arrête de me faire suivre, s'il te plaît.

— D'accord...

Hope redonne le téléphone à l'homme dans la voiture et ce dernier s'en va. Par la suite, elle se dirige vers la maison de son ami, lorsqu'elle voit une petite fille de 5 ans en train de jouer dans le jardin. Elle s'approche doucement.

— Bonjour, petite puce, ton papa et ta maman sont là ? J'ai dû me tromper d'adresse et...

— Non, tu ne t'es pas trompé d'adresse, Hope !

La petite fille se met à courir vers Kyllian.

— Papa ! Il y a une dame qui veut te voir et elle demande où est maman...

— Ma chérie, tu rentres, on arrive.

— C'est ta fille ?

— Oui, je dois t'expliquer... tu viens ?

Hope entre dans la maison et voit la petite fille devant la télévision. Kyllian lui présente la chaise à côté de lui.

— Oui, c'est ma fille. Elle s'appelle Camille, elle a 5 ans. Sa mère est décédée lors de sa naissance...

— Je suis désolée, je ne voulais pas raviver de mauvais souvenirs...

— Ne t'inquiète pas, je me sens mieux aujourd'hui. J'ai réussi à faire mon deuil et Camille me comble de joie chaque jour qui passe et... j'ai rencontré quelqu'un, mais Camille ne le sait pas encore... Je ne sais pas comment m'y prendre... C'est là que tu rentres en scène !

— Moi ? Mais que veux-tu que je fasse ?

— J'aimerais te la faire rencontrer et que tu me dises ce que tu en penses, tu as le nez pour ça !

— Si tu veux, on peut organiser un dîner.

— Tu ferais ça ? Mais je ne peux pas laisser ma puce seule...

— J'ai la personne idéale pour ça !

Hope attrape son téléphone et appelle Pierre. Elle lui explique qu'elle a besoin de lui pour un petit service et lui donne l'adresse de Kyllian. Lorsqu'il arrive, elle lui explique et lui demande s'il peut garder Camille le soir même.

— Pas de souci ! Julien peut venir ?

— Bien sûr, tu vas avoir besoin de renfort avec ce petit monstre !!

Kyllian rigole, s'éloigne pour appeler sa copine et revient vers Hope cinq minutes après.

— Ce soir 20 heures, ça te va ?

— Pas de souci et...

Le téléphone d'Hope sonne, elle s'éloigne pour répondre. C'est sa cliente pour le fameux gros contrat. Hope doit absolument repasser à son bureau avant d'aller au restaurant. Elle doit faire des devis et autres.

— Envoie-moi l'adresse du restaurant sur mon téléphone et je vous rejoins tout à l'heure.

Hope repart à son bureau et passe le reste de son temps à appeler tous ses contacts. Sa cliente veut que la soirée se passe sur un bateau, donc un peu plus compliqué pour trouver des prestataires prêts à se déplacer sur un bateau. Hope a été obligée de réduire ses propres marges, pour convaincre certains prestataires.

Pendant ce temps, à la villa, Darren et Luc arrêtent leur service et laissent la place à Teri et Karl. Micka reste toujours introuvable.

— Bon, on va prendre un verre ce soir ? J'ai besoin de me changer les idées !

— Je suis désolé, Darren, mais j'ai rendez-vous avec Alix ce soir. On se fait un resto et après... je vais chez elle.

— Tu la vois toujours ?

— Oui, pourquoi ?

— Attends, avec Hope, elle était avec ce mec l'autre soir et la journée, apparemment elles ont...

— Elles ont quoi ?

— Elles se sont bien amusées, si tu vois ce que je veux dire !

— Tu ne dois pas avoir les bonnes infos, Darren. Il ne s'est rien passé entre Kyllian et Alix. En plus, l'après-midi dont tu parles, Alix était avec moi. Je devais bosser avec toi le soir et je voulais profiter d'elle dans la journée. Je pense qu'on t'a raconté des mensonges... et je pense qu'on a fait tout cela pour t'éloigner d'Hope. Par curiosité qui t'a raconté ça ?

— C'est... Kelly et Micka...

— Cherche pas, tu as été trompé. Ce sont des mensonges, Darren ! Bon, je file, je vais être en retard. J'ai une magnifique jeune femme à rejoindre !

Luc s'en va en plantant Darren. Ce dernier se passe la main dans les cheveux et entre dans la villa. Il ne sait plus quoi penser. Au même moment, Karl et Teri entrent, Darren les appelle.

— Vous pouvez assurer jusqu'à demain soir ? Je dois aller quelque part.

— Bien sûr ! Après on surveille aussi si on voit Micka dans les parages. Il faut vraiment pas le louper !

— À mon avis, on ne le verra plus. Il ne va quand même pas oser se pointer ici !

Darren monte dans sa voiture et se dirige vers le bureau d'Hope. Cette dernière, au téléphone, est en train de fermer la porte.

— Oui, je me dépêche, ne t'inquiète pas. Je serai un tout petit peu en retard... moi aussi, il me tarde... mais oui, tout va bien se passer, je suis vraiment heureuse... je t'embrasse, à tout de suite.

Hope raccroche et se retrouve nez à nez avec Darren.

— Que fais-tu ici ? Tu voulais me voir ?

Hope s'aperçoit que Darren est distant, froid et a l'air en colère.

— Oui, je voulais te parler, mais apparemment tu as l'air très occupée, vu ta tenue et vu ta conversation au téléphone. Tu dois être attendue quelque part !

Darren fait demi-tour et se dirige vers sa voiture.

— Attends, tu me fais quoi, là ? Tu me parles de quoi ?

— Je te faisais confiance ! Je t'ai expliqué mon passé, je me suis confié à toi. J'ai cru que tu étais différente des autres femmes. J'ai cru à un malentendu avec ton soi-disant ami ! Mais tu t'es bien foutue de ma gueule !

Darren monte dans sa voiture et commence à démarrer, mais ne peut pas aller bien loin, car Hope est devant la voiture. Elle le regarde dans les yeux et c'est elle qui est en colère, ce coup-ci.

— Que tu me parles mal, que tu m'insultes pour rien, ça me fait mal, mais je m'en fous maintenant. Mais que tu t'en prennes à mes amis... je ne le supporte pas ! Maintenant, je crois comprendre ce qu'il se passe ! Depuis l'autre soir où tu m'as vue danser avec Kyllian, tu es comme ça ! Je ne sais pas ce qu'il s'est passé et je n'ai pas à me justifier, mais je vais quand même le faire ! Kyllian est mon ami d'enfance, je le connais depuis la maternelle. Après le lycée, il est parti et je viens à peine de le retrouver ! Quant à ma soirée avec lui ce soir, figure-toi que je viens d'apprendre qu'il y a cinq ans sa femme avait mis au monde une petite fille. Malheureusement, sa femme est décédée en lui donnant la vie. Aujourd'hui, il veut me présenter sa nouvelle copine qu'il vient de rencontrer, afin d'avoir mon avis pour pouvoir la présenter à sa fille ! Alors oui, je n'ai pas à me justifier auprès de toi, mais je ne supporte pas l'injustice ! Et je pense que tu es mal placé pour me faire la morale. Quand je vivais encore à la villa, je passais mes nuits à me boucher les oreilles à cause des gémissements des filles qui passaient dans ton lit ! Sur ce, tu fais ta vie, je fais la mienne et on n'en parle plus, bonne soirée !

Hope monte dans sa voiture, démarre et s'enfonce dans la nuit naissante. Darren reste là, il est comme cloué au sol. Un poids énorme vient de se mettre sur son cœur.

Chapitre 8

Il démarre et fonce vers la sortie de la ville. Au bout de quelque temps, il entre dans un nouveau village et regarde le panneau « *Collidge* ». Il pénètre dans la propriété d'une immense maison et gare sa voiture. Il ne va pas dans la bâtisse, mais à l'arrière, au niveau du haras. Darren défait sa cravate, jette sa veste de costume et s'approche d'un box.

— Tu es là ? Angel ?

Une magnifique jument pur-sang arabe blanche apparaît. Elle regarde Darren et frotte son museau contre lui. Il la câline et sursaute en entendant quelqu'un lui parler.

— Alors, on revient au bercail dire bonjour ? Par contre, viens en journée, la prochaine fois, cela évitera que je ne te prenne pour un rôdeur !

Darren sourit et voit son frère David avec une carabine à la main.

— Tu peux baisser ton arme, j'ai la mienne !

— Désolé, mais j'ai vu quelqu'un entrer et, de nuit, je ne t'ai pas identifié. Que fais-tu ici ?

— Rien...

— Darren, je te connais, tu ne viendrais pas ici pour rien !

— OK, OK, je suis là à cause... d'une femme...

— On avait dit plus de femmes ! James a déjà cédé et maintenant c'est toi ! Je pensais que le coup que t'avait fait ton ex t'aurait servi de leçon.

— Oui, mais Hope est différente... mais je suis perdu...

— Tu me fais penser à James il y a quelque temps, avec Nina...

— Mais là, c'est différent, il y a eu un différend entre nous et je crois que je l'ai accusée à tort...

— Aïe... Il va falloir que tu t'excuses...

— Tu ne connais pas Hope... elle a un caractère de feu ! Elle ne va pas me rendre la tâche facile !

— Tu devrais en parler à James, il a ramé pour récupérer Nina... Elle ne lui a pas laissé le temps d'en placer une, crois-moi !

— Oui, c'est ce que j'ai cru comprendre.

— Pourquoi tu ne l'invites pas au domaine ? Les parents ne sont pas là ! Ils sont partis pour trois semaines en croisière.

— Elle ne viendra jamais !

— Essaie de ruser... Tu n'as pas une petite idée ?

Darren réfléchit et un sourire machiavélique se dessine sur son visage.

— Oui, je pense avoir une idée ! Mais dis-moi, apparemment tu joues les cupidons auprès de nous, mais toi, c'est pour quand ?

— Moi ? Ah non, je ne veux aucune femme. En plus, tu as vu le genre de femmes qui vient ici ? Mère me présente des filles coincées ou alors de filles superficielles, ou même encore des filles à papa ! Non, merci !

Darren rigole, les deux frères remontent dans la maison et prennent un verre. Vers trois heures du matin, Darren va dans sa chambre. Il prend son téléphone, appelle Pierre et lui laisse un message, puis finit par s'endormir.

Le lendemain, Pierre arrive au travail et voit Hope. Cette dernière est complètement épuisée. Pierre prend une décision.

— Je sais que ce n'est pas mon entreprise, mais... tu vas venir avec moi te reposer pendant deux jours ! De toute façon, on est en avance et tu es vraiment fatiguée !

— Mais je ne peux pas... je...

— Non, rien du tout ! Avec Julien, on doit partir cet après-midi en week-end et tu viens avec nous !

Hope ne se bat pas davantage et la voilà partie dans la voiture des garçons. La seule chose qui l'étonne, c'est le bandeau qu'elle a sur les yeux. C'est Pierre qui le lui a mis.

— Mets-le, c'est une surprise !

— Un peu étrange votre week-end, quand même !

Au bout de quelque temps de route, elle sent la voiture s'arrêter et Pierre qui vient lui ouvrir.

— N'enlève surtout pas ton bandeau avant que je te le dise !

Pierre emmène Hope dans une écurie grandiose, il la laisse sur place et s'en va.

— Pierre ? C'est bon ? Je peux enlever mon bandeau ?

Aucune réponse, Hope enlève son bandeau et fait face à de magnifiques chevaux.

— Waouh ! Ils sont vraiment magnifiques, je n'en ai jamais vu d'aussi beaux !

Elle s'approche d'un box et lit le nom qui est écrit sur la porte.

— Angel ?

— C'est ma jument.

Hope sursaute et se retourne, elle fait face à Darren. À ce moment précis, elle ne sait pas quoi faire : en vouloir à Pierre, pleurer, être heureuse ou s'enfuir. Elle choisit la dernière solution et se met à courir en direction de la sortie de l'écurie, mais Darren la rattrape facilement.

— Attends ! Je dois te parler...

— Moi, je n'ai rien à te dire ! Je ne sais pas ce que vous manigancez, Pierre et toi, mais ça ne m'amuse pas du tout !

— Je savais que tu serais têtue !

— Et toi, tu es quelqu'un d'abject !

— Tu as un sale caractère !

— Tu es aussi froid qu'un bloc de glace !

— Tu es entêtée !

— Tu es distant, sévère et j'en passe ! Je peux passer la journée comme ça !

— Pas moi !

Darren saisit Hope par le poignet et la plaque contre son corps. Il s'empare de ses lèvres sans lui laisser le temps de parler. Au début réticente, Hope finit par céder à cette passion, qui les dévore tous les deux. Darren met fin au baiser, mais garde la jeune femme dans ses bras.

— Je suis désolé, j'ai été aveuglé par les mensonges de Kelly et Micka à ton sujet. J'aurais dû te faire confiance et je m'en excuse sincèrement...

— Profitez des excuses de mon frère, c'est tellement rare !

À l'entrée de l'écurie, David vient de faire son apparition. Darren relâche Hope et sourit à son frère. Ce dernier s'approche et s'incline auprès d'Hope.

— Je suis enchanté de faire votre connaissance, mademoiselle !

— Hope, je te présente David, mon frère.

— Encore un ? Mais vous êtes combien en tout ?

— Nous sommes quatre, tu as déjà rencontré James et maintenant David. Il ne reste plus que Nick, mais lui... il est plus souvent en vadrouille qu'autre chose !

— Il n'a pas le même style de vie que toi, c'est tout ! Vous verrez, Hope, il est très gentil !

David laisse Darren et Hope. Cette dernière n'ose pas le regarder dans les yeux. Il lui relève le menton et la regarde.

— J'ai vraiment été idiot...

— Tu as juste fait confiance aux mauvaises personnes, Darren, mais nous maintenant, on en est où ? On fait quoi ? Que sommes-nous ?

— Tu attends quoi de moi ? Je ne peux pas te promettre, aujourd'hui, qu'on restera ensemble jusqu'à notre mort, mais, la seule chose qui est sûre, c'est que je veux être avec toi et personne d'autre ! On peut reprendre où on en était resté.

— Je suis d'accord, mais, avant, j'aimerais que tu m'éclaires sur un détail... Qui était dans ta chambre en train de crier durant deux nuits ?

— Je ne sais pas et je peux t'assurer que je n'ai pas dormi dans ma chambre. J'étais de nuit, mais je pense avoir une petite idée quand même !

— Moi aussi, laisse la ! Elle n'en vaut pas la peine !

Darren reprend possession des lèvres d'Hope et l'emmène dans un ouragan de passion. Il se surprend à la caresser au niveau de son dos. Il descend au creux de ses reins et entend Hope gémir. Il arrête le baiser et lui glisse à l'oreille :

— J'ai envie de toi, j'ai envie de te faire l'amour. Si je m'écoutais, je t'allongerais dans la paille et je te ferais l'amour sur-le-champ !

Hope devient toute rouge, mais se reprend très vite. Elle lève ses grands yeux verts vers Darren.

— Et, si je m'écoutais, je répondrais à ton désir ardent, mais tout le monde sait que nous sommes ici et ils viendraient nous chercher !

Darren prend Hope par la taille et le couple marche vers le manoir de la famille Wingleton. Lorsque Hope entre dans le salon, elle voit Pierre se cacher derrière Julien.

— Ne me tape pas ! Quand Darren m'a appelé et m'a laissé son message, il n'était vraiment pas bien et... je ne pouvais pas le laisser comme ça...

— Tu as bien fait !

Le téléphone de Pierre se met à sonner, ce dernier s'éclipse sur la terrasse et va répondre. Il revient au bout de cinq minutes et regarde Hope.

— Nous devons rentrer, et vite ! Ta cliente veut absolument te voir aujourd'hui, sinon elle annule le contrat.

— On rentre !

Hope se tourne vers Darren.

— Je suis désolée... C'est un très gros contrat qui me permettrait de me défaire de mon beau-père et je ne veux pas lâcher cette opportunité et...

Hope se tait. Les lèvres de Darren sont sur les siennes et sa main est au creux de sa nuque.

— Tu parles trop ! Tu dois y aller, point.

La jeune femme fait un large sourire à Darren et rejoint Pierre et Julien dans la voiture. Sur le chemin, elle contacte sa cliente pour lui donner rendez-vous à 17h le jour même.

Darren se retrouve seul dans le manoir familial, mais il est content et se sert un verre.

— Je dois avouer qu'elle est vraiment belle et fougueuse !

— Hé ! Garde tes yeux dans tes poches et tes pensées pour toi !

— Et toi, range tes crocs, j'ai bien compris qu'elle était importante pour toi ! Allez, en attendant de la rejoindre, viens m'aider aux écuries !

Darren et David bossent tout le reste de la journée. Darren essaie, à plusieurs reprises, de joindre Hope sur son téléphone, mais rien n'y fait. David le rassure en lui disant qu'elle a beaucoup de choses à faire et qu'il ne doit pas s'inquiéter.

Le lendemain Darren repart de bonne heure et va directement au bureau d'Hope pour lui faire une surprise. Arrivé devant, c'est lui qui a une surprise, la police est partout et l'agence a l'air d'avoir été mise sens dessus dessous. Il voit Pierre dans une ambulance, il s'approche.

— Pierre ? Mais que s'est-il passé ?

— Darren ! C'est Hope ! Ils s'en sont pris à Hope, elle n'est plus là !

— Mais... c'est quoi ce bordel ?

La police s'approche de Darren.

— Monsieur ? Vous connaissez la victime ?

— Hope Molit ?

— Oui.

— Bien sûr, c'est ma... petite amie ! Où est-elle ? Je viens d'arriver et...

— Il se pourrait que votre petite-amie et son associé aient dû faire face à des malfaiteurs.

Pierre se relève de l'ambulance et regarde Darren.

— Ce ne sont pas n'importe quels malfaiteurs ! Ils savaient qui elle était, ils ont même cité ton nom ! Darren, il faut la retrouver !

— Je vais m'en charger !

— Monsieur, je vous déconseille de faire la loi vous-même et...

— C'est mon métier ! J'étais censé la surveiller ! Je suis son garde du corps... enfin celui de sa demi-sœur, mais c'est pareil !

Darren remonte dans sa voiture et fonce à la villa. Cette dernière est vide. Il monte en vitesse dans sa chambre et ouvre son coffre-fort qu'on avait mis à sa disposition. Là, il attrape plusieurs armes dont un fusil à lunette. Luc ouvre la chambre avec fracas et, en voyant tout l'arsenal, tente de calmer Darren.

— Ce n'est pas très professionnel de s'énerver comme ça ! Ce n'est pas toi, Darren ! Tu réfléchis avant, calme-toi et posons-nous !

— Pousse-toi de devant, je vais la chercher !

— Non !

— Comment ça « non » ? Je ne vais pas la laisser entre les mains de n'importe qui ! Laisse-moi passer, Luc !

— Non, je ne partirai pas et, si tu réfléchissais un peu, tu aurais une petite idée !

Darren respire, pose ses armes et regarde Luc.

— Tu as raison, je dois me calmer et me reprendre... désolé, mais je... je...

— Tu l'aimes ! Je te comprends tout à fait, je ne supporterais pas qu'on fasse du mal à Alix, crois-moi ! Mais il faut agir calmement. Je suis sûr que Micka y est pour quelque chose ! Il était complètement accro à cette femme !

— Je sais pas par où commencer... mais je vais retourner voir Pierre, il doit être à l'hôpital !

— Je viens avec toi.

Sur la route pour aller à l'hôpital, Darren se remémore le premier jour où il a vu Hope, dans la cuisine en petite culotte. Il se souvient également du premier baiser qu'il lui a donné, de la première fois où il a touché son corps, où il lui a fait l'amour.

— Cette femme est à moi et je tuerai le premier qui lui fait du mal !

Il se gare à l'hôpital et les deux compères se renseignent pour retrouver Pierre. Arrivés devant la chambre, ils font face à Julien.

— Darren ? Ne rentre pas...

— Je dois absolument lui parler !

Darren force le passage et se retrouve face à Pierre. Ce dernier le regarde avec colère.

— Tout ça, c'est de ta faute. Avant qu'elle ne te rencontre, elle n'avait pas de problèmes, elle souriait tout le temps. C'était une femme pleine d'énergie, pleine de vie, heureuse ! Et maintenant, on m'a enlevé ma meilleure amie. Je te déteste pour tout ça ! Va-t'en, sors d'ici !

Darren ne dit rien et sort de la pièce. Il va à la machine à café et se sert. Luc s'approche de lui.

— Il ne faut pas lui en vouloir. Hope est une amie à lui et je peux comprendre que ça lui fasse mal...

— Je sais... Bon, on y va !

Ils se dirigent vers la sortie, lorsque Julien revient vers eux.

— Darren, n'en veux pas à Pierre, lui et Hope sont comme frère et sœur...

— Je sais et je peux comprendre sa peine, crois-moi...

— Tiens, il te donne les clés du bureau. Peut-être trouveras-tu des indices là-bas. Retrouve-la, je t'en prie...

— Même si c'est la dernière chose que je dois faire, je le ferai. Je vais la retrouver et la ramener, tu peux le dire à Pierre. Je ne laisserai personne lui faire du mal !

Darren et Luc foncent à l'agence d'Hope et commencent à fouiller dans les papiers. Luc se retourne vers Darren.

— Tu crois vraiment qu'un de ses clients aurait un rapport avec Micka ?

— Je ne sais pas, mais... regarde !

— Tu as trouvé quoi ?

— Son dernier client... c'est bizarre. Sa cliente lui offre le triple de ce qu'ont payé mon frère et ma belle-sœur pour une prestation moins importante... et regarde le nom de famille ! Ce n'est pas possible, c'est un cauchemar !

Chapitre 9

Hope se réveille doucement. Elle a très mal à la tête. Elle regarde autour d'elle et se trouve dans une sublime chambre. Elle remarque également qu'elle a une magnifique nuisette sur elle. Hope se lève doucement et commence à arpenter la pièce, elle a l'impression de tanguer. La porte s'ouvre et Hope manque de s'étrangler.

— Toi ? Mais que se passe-t-il ? Que fais-tu là ? Toi aussi, on t'a enlevé ?

L'homme en face d'elle se met à rire à gorge déployée.

— Ma chère Hope, je t'ai prévenue que jamais tu ne serais à Darren. Je me suis permis de t'emmener avec moi !

— Tu es fou, Micka ! Tu te rends compte de ce que tu as fait, je ne me laisserai pas faire ? Crois-moi !

Hope fausse compagnie à Micka et commence à courir dans les couloirs, sous les rires du jeune homme. Elle ouvre une porte et freine aussi vite. Derrière elle, Micka arrive.

— Comme tu peux le voir, nous sommes sur un bateau, en pleine mer. Tu peux hurler autant que tu veux, personne ne viendra te sauver !

— Darren va te retrouver ! À l'heure qu'il est, il doit savoir que j'ai disparu. J'étais avec Pierre, ce dernier a dû lui dire ! Il ne me laissera pas tomber et...

— Il n'en fera rien ! Croyez-moi !

Hope voit une femme apparaître derrière Micka.

— Vous ? Mais... que faites-vous ici ? Vous êtes...

— Je te présente Gwendoline Mulins !

— Non, vous êtes Virginie Knol, ma cliente.

— Pfff, tu es vraiment naïve ! Pas étonnant que Darren t'ait attrapée dans ses filets ! Il les aime bien comme ça ! Non, ma chère, je suis Gwen, l'ex de Darren !

— La femme qui l'a abandonné devant l'autel et qui est partie avec son meilleur ami ! Vous êtes une garce et…

— Tu vas vite te calmer, crois-moi ! Je ne pouvais pas faire autrement ! La famille Wingleton est certes très riche, mais… avant que j'hérite de quoi que ce soit… je serais morte ! Une fois les parents morts, l'héritage ira aux quatre frères, et encore, pas équitablement ! Je ne suis pas entrée dans cette famille pour me contenter des miettes ! Le meilleur ami de Darren possédait sa propre fortune et maintenant… je suis riche ! Ce dernier nous a quittés bien rapidement après notre mariage malheureusement… Un accident de la route tout bête, n'est-ce pas, Micka ?

— Vous… vous l'avez tué ? Vous avez tué votre mari !

— Ne t'offusque pas ! Il fallait bien en passer par là pour que j'hérite, mais les fonds commencent à manquer… et Darren en a pas mal, depuis qu'il a son entreprise de sécurité !

— Vous croyez qu'il va vous en donner comme ça ? Après ce que vous lui avez fait ? Vous rêvez, je pense !

— Ho, mais ne t'inquiète pas, ma mignonne, mon plan est déjà mis en place ! Il y a une gamine de 15 ans qui a bien accepté, contre un peu d'argent, de jouer le rôle de ma fille. Je vais retourner auprès de Darren en lui précisant que c'est la sienne. Il n'aura d'autre choix que de nous accepter et…

— Vous le croyez assez bête pour vous faire confiance ?

Micka fronce les sourcils et prend Gwen à part.

— Elle a raison. Avec ce que tu lui as fait, il va demander un test de paternité !

— Je n'avais pas pensé à ça... Il va falloir un plan B !

Pendant ce temps, Hope rentre dans sa chambre en courant et s'enferme à clé.

— Tu l'as laissée seule ?

— Elle ne sait pas nager, elle n'ira pas bien loin !

— Il faut trouver une autre solution et vite ! Je pense qu'on va devoir se servir d'elle !

— Ha non, ce n'était pas prévu dans notre plan, pas elle !

— Mais vous avez quoi avec cette femme ? Tu veux passer après Darren ? Je ne te pensais pas comme ça !

— Je crois que je suis tombé amoureux d'elle, c'est tout !

— L'amour, c'est pour les faibles, je te l'ai déjà dit plein de fois ! Il faut vraiment que tu réagisses !

Gwen s'éclipse à l'intérieur du bateau, tandis que Micka se dirige vers la cabine d'Hope.

*

Pendant ce temps, sur la terre ferme, Darren fait les cent pas au commissariat de la ville. Un homme s'approche de lui et lui tend un dossier.

— Voilà tout ce que j'ai trouvé sur une certaine Gwendoline Rol. J'espère que ça vous aidera.

— Merci beaucoup !

Darren fouille le dossier et en lit le contenu à Luc.

— En 2004, l'année où elle m'a largué, elle a épousé mon meilleur ami et elle est devenue Gwendoline Mulins. Ensuite, son mari est mort dans un accident de voiture six mois plus tard et elle a hérité de toute sa fortune. Malheureusement, elle a fait de mauvais placements et se retrouve à l'heure actuelle avec des dettes.

— Tu penses qu'elle et Micka ont un lien ?

— Je ne sais pas, je ne le vois mentionné nulle part... S'il est son complice, il est resté dans l'ombre bien sagement !

— Mais pourquoi Hope ?

— Elle veut me faire chanter ou me demander une rançon, j'en suis sûr !

— Darren, je commence à avoir peur pour Hope... Tu crois vraiment que le mari de Gwen est mort d'un accident de voiture ?

— Non, je connaissais Fred... C'était un pilote chevronné... Je suis sûr qu'elle est responsable de sa mort ! Je ne la laisserai pas faire de mal à Hope.

*

Une semaine passe et les recherches ne donnent toujours rien. Darren y travaille jour et nuit. Un matin à la villa, un homme en moto débarque, il est tout en cuir et demande à parler à Darren Wingleton. On le laisse passer et il se retrouve sur le porche de la villa. Darren ouvre la porte et voit l'homme devant lui. Il s'approche et le serre dans ses bras.

— Nick...

— Oui, je suis là ! Même si j'ai changé de vie... on est frères ! J'ai cru comprendre que tu avais besoin d'aide pour retrouver ta dulcinée !

— Oui... James et Nina travaillent depuis Dallas et David depuis la maison, je n'ose pas bouger et j'ai pensé que...

— Que j'aurais pu fourrer mon nez un peu partout ?

— Oui... je t'en prie...

— Je vais t'aider, donne-moi toutes les infos !

Darren fait rentrer Nick. Ce dernier dit bonjour au beau-père d'Hope et fait une accolade à Luc.

— Tu as changé !

— Oui, ça fait dix ans que l'on ne s'est pas vus !

— Une fois tout ça fini, il faudra prendre un verre !

Les hommes se mettent au travail et même monsieur Lingland met au service de Darren ses relations de travail. Pendant ce temps, Kelly observe la scène et rumine.

— C'est bon, elle va revenir ! Tout ça pour rien, il faut toujours qu'elle se fasse remarquer !

Darren allait répliquer, mais c'est Nick qui le fait. Il s'approche délicatement d'elle.

— Salut, la belle, dis-moi, pourquoi penses-tu qu'elle fait ça pour se faire remarquer ?

Kelly est impressionnée par la familiarité de Nick et également par sa carrure, mais elle essaie d'user de ses charmes.

— Elle veut Darren depuis le début et, comme elle voit que ça ne marche pas, elle essaie tous les moyens qui existent pour l'obtenir !

— Mais, ça, ce n'est pas la description d'Hope, mais la tienne ! Elle n'a pas besoin de faire quoi que ce soit pour obtenir les faveurs de mon frère... Elle les a déjà eues ! Alors, maintenant, tu nous laisses bosser et tu repars jouer à la poupée ! Plus vite que ça !

Kelly prend peur et remonte dans sa chambre. Charles s'approche de Nick.

— Faites attention au langage que vous avez avec elle !

— C'est une gamine jalouse de sa demi-sœur, ça se voit comme le nez au milieu de la figure ! Ouvrez les yeux !

Pendant que Charles et Nick se disputent, Luc se met à crier.

— ON A TROUVÉ !

Ce dernier se relève avec son téléphone et le montre à Darren.

— Alix vient de se souvenir, il y a deux semaines, elle a été au port avec Hope pour faire une réservation au nom de sa cliente pour un yacht ! Cela devait être le lieu de la cérémonie !

Darren regarde Luc.

— Mais oui, Hope ne sait pas nager, elle ne va pas s'enfuir en pleine mer ! Elle doit être terrifiée ! Je vais le tuer ! Comment on va faire pour les localiser...

— Ne t'inquiète pas, j'ai des contacts pour ça ! Je vais t'aider.

Nick attrape son téléphone et passe quelques coups de fil.

— C'est bon, j'ai des gars qui vont voir ça en mer ! On va la retrouver !

— Merci beaucoup, Nick...

— Bon, je dois y aller, je ne pouvais pas rester longtemps, j'ai des affaires en cours ! Appelle-moi si tu as besoin !

— Encore en train de cavaler sur les routes ? Tu continues la musique ou tu as arrêté ?

— Non, je continue ! Je sais, ce n'est pas le style de la famille et...

— C'est ton style, le reste, on s'en fout !

— Je sens que cette gamine a une influence bénéfique sur toi ! Allez, bye.

Nick remonte sur sa moto et s'éloigne dans la nuit, qui commence à tomber.

*

Non loin de là, Hope est en larmes sur son lit. Depuis une semaine, elle est enfermée dans ce bateau, Micka essaie d'obtenir ses faveurs chaque soir, mais elle ferme sa porte à clé et la bloque. Malgré tout, ce soir-là, elle voit que quelqu'un essaie de forcer la porte.

— Fais pas l'enfant, ouvre cette porte !

— Dégage !

La porte cède après un coup de pied de Micka. Il s'approche d'elle et l'attrape par les cheveux sans ménagement.

— Je vais être clair, je t'interdis de me désobéir ou de te rebeller contre moi. Je ne suis pas Darren et crois-moi que je serai moins tendre avec toi ! Après, si tu es gentille, je peux être très gentil également...

Hope se redresse et crache à la figure de Micka. Ce dernier lève sa main et l'abat sur la joue d'Hope. Elle s'écroule sur le lit en se tenant la joue et en laissant des larmes couler sur son visage.

— Tu me dégoûtes ! Effectivement, tu ne seras jamais comme Darren ! Lui, c'est un homme, un vrai !

— Tu veux vraiment savoir ce qu'est un homme, Hope ?

La peur se lit dans les yeux d'Hope, mais avant qu'il ne puisse faire quoi que ce soit, il aperçoit un point rouge sur sa poitrine et entend une voix à dix centimètres de son oreille.

— Crois-moi qu'à travers sa lunette, il vient de voir ce que tu lui as fait ! Ne bouge pas ou, même à cette distance, il ne te loupera pas !

Micka se retourne et voit Luc. Ce dernier pointe une arme sur sa tête.

— Ho ! Et vous êtes censés me faire peur ? Tu es tout seul ou Karl et Teri sont là, sur le bateau ? J'en doute. Connaissant le professionnalisme de Darren, ils ont dû rester avec la gamine pourrie gâtée !

Micka réussit à s'échapper en donnant un coup de poing au visage de Luc et court dans le salon du yacht. Hope se rapproche de Luc.

— Tu vas bien ? Où est Darren ? Il est loin ?

— Plus près que tu ne le crois !

Micka rejoint Gwen dans sa chambre et s'y enferme, sous le regard étonné de la jeune femme.

— Mais que se passe-t-il ?

— Darren est là ! Luc aussi ! On fait quoi ?

— Je dois partir ou alors Darren va me...

— Oui, tu as raison ! Tu vas en baver, crois-moi !

Darren vient de défoncer la porte de la chambre et tient les deux personnes en joue. Hope se rend sur le pont en compagnie de Luc.

— Monte dans le bateau qui est à côté, c'est pour ta sécurité. Je vais aider Darren. Au moment où Luc s'en va, un coup de feu retentit. Hope se retourne.

— Darren !

— Va dans le bateau, j'y vais !

Luc y va et découvre une cabine en désordre, avec du sang partout et Gwen étendue sur le lit, une balle dans la tête.

— Darren ?

Personne ne lui répond, mais il entend qu'une bagarre éclate sur le pont. Il monte en vitesse et découvre Micka et Darren en pleine bagarre. Il essaie de s'en mêler, mais prend un mauvais coup et tombe par-dessus bord. Darren se rapproche de Micka.

— Jamais tu n'aurais dû la toucher !

— Depuis quand tu en as fait ta propriété ! Tu crois quoi, qu'elle va rester près de toi jusqu'à la fin ? Tu crois trop aux contes de fées, elle finira par te faire ce que t'a fait Gwen. Elle t'abandonnera !

Micka récupère l'arme par terre et s'apprête à tirer sur Darren. La scène suivante se passe à une vitesse éclair, une personne vient de s'interposer entre Micka et Darren. Cette personne regarde Micka.

— Je ne te laisserai pas me l'enlever !

— Sors de là, Hope ! Je veux que tu sois à moi, je ne veux pas te tuer !

— Dans ce cas... tue-moi, je ne serai jamais à toi !

— Ne me dis pas que tu es amoureuse de ce type ? Toi-même le dis qu'il est froid, qu'il est distant et autre !

— Certes, mais... je l'aime ! Je l'ai aimé la première fois où j'ai touché ses lèvres. J'ai su que c'était lui, j'ai su que plus rien au monde n'avait d'importance tant qu'il était là. Même s'il y a eu des disputes, même s'il y a eu des incompréhensions, je n'ai jamais cessé de l'aimer...

Darren attrape la main d'Hope et la fait passer derrière lui.

— Je t'interdis de t'approcher d'elle, je t'interdis de poser tes yeux sur elle !

Micka pointe son arme sur Darren et le menace une nouvelle fois. Au moment de tirer, Hope pousse Darren de toutes ses forces par terre et ferme les yeux. La détonation se fait entendre. Darren hurle et Hope tombe à terre. Micka s'apprête à tirer à nouveau, mais il se retrouve à son tour à terre, avec le bras en sang. Luc est près de lui, trempé, pousse son arme et le menace.

— Bouge, juste pour me faire plaisir !

Darren est près d'Hope.

— Mon Amour, ne me laisse pas, tu n'as pas le droit !

Hope commence à ouvrir les yeux et à regarder Darren. Ce dernier la touche au niveau de la poitrine et se rend compte que c'est dur.

— J'ai trouvé un gilet pare-balles sur le bateau, où Luc m'avait dit d'attendre...

— Et tu n'as pas pu attendre là-bas ? Il aurait pu viser ailleurs ! Tu aurais pu te faire tuer, tu aurais pu...

— Je m'en fiche...

— Quoi ?

— Ma vie n'aurait plus eu de sens s'il t'avait tué. Je ne peux pas rester loin de toi... Je n'y arrive pas, je suis malheureuse quand on s'engueule. Je ne supporte pas de ne pas te sentir près de moi. Dans tes bras... Je... je...

— Tu quoi ? Dis-le-moi, s'il te plaît.

— Je t'aime ! Oui, je t'aime, depuis la première fois où tes lèvres se sont posées sur les miennes...

— Dans ta chambre ?

— Non... dans la tienne, quand tu as voulu me calmer, quand tu m'as embrassée...

— Je croyais que tu ne t'en souvenais pas...

— Ho que si, je m'en souvenais, mais que voulais-tu que je fasse ? Que voulais-tu que je te dise... que j'étais tombée amoureuse de toi ? J'ai eu peur, Darren... surtout avec ton passé. Je ne voulais pas te faire fuir, je ne voulais pas que tu t'éloignes de moi...

Darren pose ses lèvres sur celles d'Hope. La passion les emporte tous les deux, lorsqu'un éternuement les fait sursauter. Ils relèvent la tête et voient Luc.

— Désolé de vous déranger, mais vous seriez mieux ailleurs qu'ici.

Darren porte Hope jusqu'au bateau avec lequel il est venu. Il la pose délicatement et se tourne vers Luc.

— Tu vas le gérer ?

— Oui, les collègues se sont occupés de Micka... Il y a plus que le corps de Gwen à enlever...

— Oui, je te laisse t'en occuper, je ramène Hope. Je reviens.

— Il s'est passé quoi, Darren ?

— Micka lui a mis une balle dans la tête quand elle a dit qu'elle a fait tout cela par amour pour moi. À mon avis, il a vécu ça comme une trahison. Hope venait de lui dire qu'elle ne serait jamais avec lui et, ensuite, Gwen qui en rajoute une couche... Il n'a pas dû apprécier !

Darren va s'asseoir près d'Hope qui grelotte. Il lui enlève sa veste et la lui donne. Elle se penche sur lui. Arrivée au port, elle remarque que ses amis sont là. Elle se précipite vers Pierre. Ce dernier la prend dans ses bras, puis regarde Darren par-dessus son épaule.

— Merci.

Darren hoche la tête. Il reste à bord du bateau et repart en pleine mer. Hope regarde le bateau repartir. Elle embrasse, également, Julien, Alix et voit une voiture s'approcher d'eux et un homme en sortir en courant.

— Hope ? Tu es là !

Hope se jette en pleurant dans les bras de Kyllian.

— Je suis désolé, j'étais en week-end avec Camille et Sophia...

— Pas de souci... C'est normal, j'espère que ça s'est bien passé.

Darren regarde Hope. Il ne veut pas s'éloigner d'elle, mais doit faire son métier. Il ne peut s'empêcher de penser à elle. Elle a voulu sacrifier sa propre vie pour lui. Personne n'en est venu à faire un tel acte pour lui. Il se rend compte également qu'il était prêt à prendre cette balle à sa place. Luc le ramène sur terre.

— Je ne suis pas aussi belle qu'elle, mais il faut finir la sale besogne, pour rejoindre les filles.

— Merci beaucoup pour ce que tu as fait pour moi !

— Normal, tu es un ami et c'est mon métier !

Deux heures plus tard, Hope a vidé la villa de ses affaires avec l'aide de Kyllian, Pierre, Alix et Julien. Elle a pris une grande décision : elle a vendu ses parts de la maison à son beau-père pour une somme dérisoire. Elle lui a juste dit une chose avant de lui céder.

— Je te remercie pour ce que tu as fait pour moi. Si tu veux un conseil, remets Kelly dans le droit chemin, qu'elle reprenne ses études également et... respectez cette maison pour la mémoire de maman.

— On ne s'est jamais beaucoup appréciés, mais je te souhaite quand même le meilleur, Hope.

— Je te remercie, Charles. Au revoir.

Hope s'en va avec ses amis et ses affaires. Elle emmène tout à son agence. Pierre la regarde.

— Tu vas dormir où ? On ne va pas te laisser dormir dans le bureau ou dehors ou...

— Je vais m'en occuper, si vous permettez !

Les amis se retournent et voient Darren appuyé sur sa voiture. Hope ne cherche pas à comprendre. Elle traverse la troupe de ses amis et se jette dans les bras de Darren pour l'embrasser. Ce dernier répond sans hésitation à son baiser. Ce baiser est plein de soulagement pour Hope. Ses amis s'éclipsent petit à petit pour les laisser tranquilles. Hope stoppe son baiser et regarde Darren dans les yeux.

— On devient quoi maintenant ? On finit comme dans un célèbre film ? Un amour impossible ? Tu continues ton métier et voyages dans tout le pays, pendant que je reste ici ?

Une larme coule sur son visage. Darren l'efface avec son doigt et parle à son tour.

— Aux dernières nouvelles, tu n'es pas une chanteuse célèbre inaccessible et je peux arrêter quand je veux, c'est mon entreprise.

— Tu connais ce film également ?

— Un grand classique !

— Sérieusement... on fait quoi ?

— La seule chose que je sais, c'est que je ne veux plus jamais être loin de toi ! On va y réfléchir plus tard, mais là...

Darren attrape Hope par la taille, l'embrasse et commence à caresser le creux de ses reins. La jeune femme sent des frissons dans tout son corps.

— Mais là quoi ?

— Ne fais pas l'innocente, tu sais très bien ce que je veux ! J'ai envie de toi.

— Désolée, je n'ai pas le confort d'un lit à t'offrir. Je viens de vendre mes parts à mon beau-père.

— Si ce n'est que ça !

Darren fait monter Hope dans sa voiture. Il roule jusqu'à un grand hôtel. Il rentre et demande une suite. Hope remarque discrètement qu'à la seule évocation du nom de famille de Darren, le réceptionniste lui fait des courbettes. Darren embarque Hope dans l'ascenseur.

— J'ai horreur de me servir de mon nom de famille à des fins personnelles, mais là, c'est un cas d'extrême urgence !

Ils arrivent devant une suite. Darren l'ouvre et Hope pousse un cri d'admiration.

— Mais c'est splendide ! Je ne sais pas quoi dire... C'est magnifique !

— Je trouve que tu le mérites !

Hope se dirige vers la chambre en se déshabillant et en faisant des regards sensuels à Darren. Il n'en faut pas plus à ce dernier pour se précipiter derrière Hope et se coller à elle.

— Tu es vraiment diabolique, mon ange...

— Hum, tu fais une belle antilogie, mais vas-tu mettre en pratique ton savoir-faire, Darren ?

Darren retourne Hope contre lui et l'embrasse avec passion. C'est un brasier entier qu'il allume dans le corps de la jeune fille. Il l'emmène dans un ouragan de plaisir. Plus rien au monde n'existe à part eux. Le seul son qui s'échappe de la chambre est celui des gémissements de plaisir qu'ils éprouvent.

Le lendemain, Hope se réveille et, en tendant son bras, sent le lit vide. Elle se lève et appelle Darren aussitôt. Ce dernier apparaît, habillé, sortant de la salle de bain.

— Je suis là. Que se passe-t-il ?

— Rien... j'ai cru que... enfin... laisse tomber...

Darren s'approche d'elle et la prend dans ses bras.

— Ce que tu as vécu n'est pas facile, mais crois-moi que plus personne ne te fera de mal. Je suis là !

Hope embrasse Darren et commence à promener ses mains sur son large dos.

— Il faut arrêter là ou je ne réponds plus de rien ! Je dois aller bosser, aller à la villa.

— Bon... dommage...

— Ho, oui... Ne t'inquiète pas pour la chambre, tu peux rester autant que tu veux !

— J'avais bien l'intention de profiter du jacuzzi, mais je dois vraiment retourner à l'agence bosser.

— Je vais à la villa et je te rejoins à midi. Je dois également régler certaines choses avec ta demi-sœur !

— Comment ça ?

— Quand tu as disparu, elle s'est confiée à Karl en lui expliquant qu'elle était tellement jalouse de toi que, lorsque je travaillais la nuit et que tu dormais encore à la villa, elle s'introduisait dans ma chambre pour te faire croire certaines choses !

— Les gémissements que j'ai entendus ?

— C'est exact !

— Ne lui en veux pas trop... Elle est jeune et surtout pourrie gâtée par son père...

— Tu es une perle... Tu pardonnes après les méchancetés qu'elle t'a faites et qu'elle t'a dites...

— Cela ne m'atteint pas, c'est tout !

Hope se lève et embarque le drap avec elle jusqu'à la salle de bain, endroit où elle le laisse à terre avant de se retourner, nue, vers Darren.

— Bon, dans ce cas, je te souhaite une bonne journée.

Darren respire un grand coup en souriant et en prenant sur lui. Il se lève du lit, rajuste sa cravate et se rapproche d'elle. Il la regarde et parcourt son corps avec des yeux gourmands. Il dépose un baiser du bout des lèvres sur les siennes.

— Bonne journée à toi aussi !

— Humm, tu fais preuve d'un tel sang-froid...

— C'est mon métier, ma chérie, je dois faire preuve de sang-froid extrême !

— Un jour, tu risquerais de le perdre avec moi !

— C'est un défi ? J'adore les défis... car je les gagne toujours !

— C'est ce qu'on verra !

Hope ferme la porte et se dirige sous la douche, tandis que Darren sort de la chambre pour se rendre à la villa.

Chapitre 10

Les jours passent et Darren devient de plus en plus protecteur envers Hope et cette dernière se rend bien compte qu'elle ne pourra plus jamais passer un seul instant de sa vie loin de lui.

Un matin, alors qu'elle est en plein boulot, un homme entre dans son agence avec un énorme bouquet de fleurs.

— Waouh ! Il est vraiment magnifique !

— C'est pour vous, mademoiselle Milot !

— Monsieur Fridor ?

— Je vous en prie, appelez-moi Tony ! Oui, avec ma femme, nous sommes vraiment heureux de ce que vous avez fait pour notre fille. Elle va s'en souvenir toute sa vie ! Nous vous avons également recommandée auprès de nos amis les plus chers !

— Je vous remercie beaucoup, Tony. C'est vraiment très gentil de votre part !

Hope prend le bouquet et remercie une nouvelle fois l'homme. Au même moment, un autre homme rentre dans l'agence et, en voyant la scène, tourne les talons et repart furieux.

— Heu... j'ai fait quelque chose qui ne fallait pas ? Je suis désolé...

— Non, Tony, ne vous inquiétez pas, mon petit ami est très soupe au lait ! En tout cas, merci beaucoup pour les fleurs et bonne journée à vous !

Tony la remercie et sort de l'agence. Hope attrape son téléphone, essaie d'appeler Darren, mais rien n'y fait. Elle commence à s'énerver.

— Ce n'est pas possible d'avoir affaire à un homme aussi têtu, jaloux ! J'aurais pensé qu'à 40 ans, il serait un peu plus mature ! On va voir si monsieur Darren Wingleton garde aussi bien son sang-froid qu'il le dit !

Hope attrape un écriteau sur lequel elle marque que l'agence est fermée exceptionnellement pour la journée. Cette dernière appelle Luc et lui explique son plan.

— Ho, oui, je marche à fond ! Figure-toi qu'il rumine ici en disant qu'un homme t'a offert des fleurs et que tu étais toute joyeuse et souriante. Il dit qu'il ne comprend pas, que tu lui as dit que tu l'aimais et que là tu acceptes des attentions d'autres hommes.

— Un vrai jaloux, quand même ! Je n'ai jamais connu ça !

— C'est courant dans leur famille ! Que ce soient ses frères ou même son père ! C'est incroyable !

— Bon... mettons mon plan à exécution !

Hope raccroche et se met en route pour aller faire du shopping, elle achète des sous-vêtements et une robe très sexy. Elle va ensuite chez le coiffeur, l'esthéticienne et retourne à son bureau.

Pendant ce temps, dans la villa, Darren est toujours en train de fulminer dans son coin. Luc décide de lui parler.

— Calme-toi ! Pourquoi tu ne lui as pas parlé ?

— Elle a l'air très occupée, si tu vois ce que je veux dire !

— Non, je ne vois pas. Ce que je remarque, par contre, c'est ta grande crise de jalousie !

— Je ne suis pas jaloux !

Darren sort de la villa en claquant la porte et reste sur le perron en continuant à faire la tête. Au bout de vingt minutes, Luc arrive en courant.

— Darren, il faut que tu ailles à l'agence d'Hope. Il y a un truc qui se passe !

— Comment ça ?

— Toutes les lumières sont éteintes, la porte est fermée à clé et elle ne répond ni à son téléphone portable ni à celui de l'agence... Pierre et Alix m'ont dit qu'elle était dedans et...

Luc n'a pas besoin de continuer de s'expliquer que Darren est déjà dans la voiture. Luc appelle Hope.

— Il arrive !

— OK ! Merci beaucoup, Luc...

Darren arrive à l'agence et, contrairement à ce que Luc lui a dit, la porte de l'agence est ouverte. Il attrape son arme et entre doucement en appelant Hope. Lorsqu'il est arrivé au milieu de la pièce, il entend quelqu'un fermer la porte d'entrée. Il retourne vite sur ses pas et se rend compte que la porte est vraiment fermée. Plus curieux encore, il entend marcher à l'étage, dans le bureau d'Hope. Il monte doucement les marches et se retrouve devant la porte. Il la défonce d'un coup d'épaule et braque son arme devant lui. Il regarde la personne debout dans la pièce et a de plus en plus de mal à gérer sa respiration.

— Tu... Tu...

— Allons, allons, Darren, tu n'es pas obligé de braquer deux armes sur moi. Seule une m'intéresse !

Darren range son arme et voit les yeux de la jeune femme qui se dirigent vers la bosse flagrante qui est née, sous son jeans, au niveau de son entrejambe.

— Je t'ai dit que tu allais perdre ton sang-froid !

— Hope... tu es... magnifique !

La jeune femme sort de l'ombre, elle porte une robe noire, fendue jusqu'au niveau de ses cuisses. Elle est également très décolletée et, derrière, l'ouverture se fait jusqu'à la naissance de ses fesses.

— Ho, tu sais, c'est une robe que je mets souvent, quand je reçois mes nouveaux clients !

— QUOI ?

Hope s'approche de Darren avec une démarche très féminine et sensuelle. Il veut la prendre par la taille, mais elle l'en empêche. Par contre, elle, elle l'attrape par sa cravate et l'entraîne sur le canapé. Elle le pousse et monte à califourchon sur lui. Elle enlève sa cravate, sa veste et déboutonne sa chemise pour glisser ses mains à l'intérieur.

— Hope... tu fais quoi ?

— Tu as besoin d'un dessin ?

— Non, évidemment, mais...

— Mais rien du tout ! Tu es jaloux, grognon, têtu et je veux te prouver que tu n'as rien à craindre des autres hommes. Je te l'ai dit, je t'aime et je suis à toi, Darren. Je ne changerai pas d'avis sur un coup de tête. Je sais que tu as perdu confiance en les femmes, mais si tu veux que ça marche, nous deux, il va falloir que tu y mettes du tien ! Je sais que c'est dur, mais... fais-moi confiance, je t'aime...

Darren soupire et prend la taille d'Hope pour la coller davantage à lui.

— Tu es sublime, je sais que je suis jaloux, possessif et... j'ai énormément de mal à faire confiance. Je m'en excuse sincèrement... mais...

— Mais rien ! Je ne m'appelle pas Gwen ou autre ! Jamais je ne pourrai te trahir ! Cet homme que tu as vu m'offrir des fleurs tout à l'heure, c'était pour me remercier d'avoir organisé l'anniversaire de sa fille. C'était de la part de sa femme et lui !

Hope se détache de Darren et croise les bras en se dirigeant vers la fenêtre.

— Si tu ne me fais pas confiance, ça ne va pas marcher. Je fais un métier où je croise des femmes, mais également des hommes ! Tu vois, la semaine prochaine, j'ai un client qui veut organiser un week-end romantique pour sa femme. Je suis souvent avec lui au téléphone et à l'agence... tu vas me faire une crise à chaque fois que tu le vois ? Ça ne va pas être possible !

Hope sent une main se poser sur sa cuisse. Elle se retourne et plonge ses yeux dans ceux de Darren.

— Je te promets de faire des efforts. Je ne te promets pas que tout sera réglé dès le départ, mais... oui, je vais faire des efforts !

Hope lui sourit et le pousse de nouveau vers le canapé, jusqu'à ce qu'il tombe dessus. Elle se remet à califourchon dessus.

— Bon, maintenant que c'est réglé, nous pouvons passer à la deuxième partie de la soirée...

— Humm, je sens qu'elle va beaucoup plus m'intéresser !

Les deux amants se retrouvent embarqués dans une valse sensuelle, leurs corps bougeant au rythme de leurs gémissements et dans une explosion d'amour.

Le lendemain, Darren se réveille sur le clic-clac du bureau d'Hope. Cette dernière est endormie dans ses bras. Il ne peut s'empêcher de lui caresser la cuisse et de la dévorer des yeux.

— Humm, tu sais qu'il y a une boulangerie en bas, si tu as faim ?

Darren prend Hope, la retourne et se met au-dessus d'elle.

— Je n'ai pas tellement envie de manger des croissants. J'aimerais goûter à un autre fruit, si tu vois ce que je veux dire ?

— Je vois très bien, mais tu vas devoir garder tout ça pour toi ! J'ai rendez-vous dans vingt minutes chez un prestataire.

Hope se lève et s'habille sous les yeux gourmands de Darren. Il se lève et s'habille également. Il l'aide à replier le clic-clac et à ranger les affaires.

— Je file à la villa. Je t'aime, Hope.

Hope se retourne d'un coup et embrasse Darren avec passion. Il répond à son baiser et part travailler.

*

Deux semaines plus tard, Darren donne rendez-vous à Hope à un restaurant sur le port. Cette dernière apparaît et il se lève pour l'accueillir.

— Je me répète, mais tu es vraiment magnifique !

— Merci, tu n'es pas mal non plus ! Pourquoi m'as-tu emmenée ici ? C'est très chic !

— Il faut qu'on parle... Je repars demain, Hope. J'ai fini avec Kelly, cette dernière a décidé de reprendre ses études et de laisser le mannequinat de côté et...

— Tu pars ? Mais... et nous ?

— Ne t'inquiète pas, je reviendrai et...

— Comment ça « tu reviendras » ? Mais tu ne m'en as jamais parlé ! Tu avais prévu quoi ? De partir en me laissant un mot ? Tu pensais que louer une suite pour trois mois suffirait à me consoler ?

— Hope, doucement... Les gens nous regardent...

— Je m'en fiche, Darren ! Voilà pourquoi tu m'as fait venir ! Tu t'attends à quoi ? Que j'attende ton coup de fil en fin de journée et que je me contente de te voir une fois par mois ? Je pense que tu ne sais pas ce que c'est l'amour, Darren ! J'ai essayé de te l'apprendre, de tout te donner, mais non !

— Hope ! Je n'ai pas dit que je t'abandonnais, mais ce jour devait arriver !

— Non, si on en avait parlé avant, on aurait pu s'organiser et... laisse tomber !

Hope se lève et quitte le restaurant. Elle est furieuse. Elle sort dans la rue, appelle un taxi et s'en va. Darren arrive en courant, mais c'est trop tard, elle est partie. Il se retrouve seul avec lui-même et décide de marcher le long de la route en réfléchissant à l'avenir.

Le lendemain, Darren décide de passer à l'agence d'Hope et tombe sur Pierre.

— Salut... elle n'est pas là ?

— Non, et...

— Oui, je me doute qu'elle t'a interdit de me dire où elle était.

— Oui, j'en suis désolé.

— Je te remercie quand même. Je te souhaite bonne chance et je suis content de t'avoir rencontré !

— Bonne chance à toi aussi, Darren.

Darren sort de l'agence, regarde autour de lui et se dirige vers sa voiture.

— Darren ! Attends...

Darren se retourne et voit Pierre lui courir après.

— Darren, Hope est une jeune femme pleine de vie. Elle a eu des petits amis avant toi, mais... jamais elle n'était tombée amoureuse comme ça. Elle tient vraiment à toi, elle t'aime et je ne supporte pas de la voir souffrir comme ça ! Elle a mal...

— Je sais, je n'ai jamais voulu lui faire de mal et je m'y suis encore mal pris avec elle... Je n'arrive pas à gérer notre relation de couple, je fais tout de travers ! Je pensais pouvoir gérer mon départ, et tout ce qui s'en suit, mais non je n'y arrive pas !

— Tu parles tout le temps de toi, mais vous êtes un couple, les décisions se prennent à deux, les actions se font à deux, les obstacles de la vie se traversent à deux. Alors, oui, tu n'as pas l'habitude, mais apprends et laisse-la te guider.

— Merci pour ton conseil, Pierre... Je sais ce qu'il me reste à faire maintenant !

Darren serre la main de Pierre, monte dans sa voiture et roule jusque chez lui, Houston. Il gare sa voiture dans le garage et monte dans son appartement.

Durant la semaine qui suit, il passe beaucoup de coups de fil, se déplace à divers endroits, dort très peu et pense sans arrêt à Hope.

La jeune femme, de son côté, a fermé l'agence et a pris un peu de repos. Elle loge dans la maison de Kyllian. Ce dernier est parti en vacances et lui a confié son habitation. Un soir, alors qu'elle s'apprête à se mettre en pyjama et à se caler devant la télévision, quelqu'un sonne à sa porte. Elle ouvre et découvre Julien, Pierre, Alix et Luc. Ce dernier est resté définitivement dans la ville, auprès de sa petite amie.

— Que faites-vous ici ?

— Va t'habiller et viens avec nous !

— Non... je ne veux pas, je veux rester seule à la maison...

Pierre force la porte et prend Hope par la main pour l'emmener dans sa chambre. Il fouille son armoire, alors que la jeune femme tombe sur son lit.

— Ha, non, tu te lèves ! Tu vas prendre une douche et... tu mets cette magnifique robe rouge !

— J'ai vraiment pas envie, tu sais...

— Oui, je sais, mais fais-nous plaisir... s'il te plaît !

Sous les insistances de Pierre, Hope finit par accepter. Ce dernier sort de la chambre et lui dit qu'il l'attend en bas avec les autres. Au bout de trois quarts d'heure, Hope descend les marches. Elle est habillée avec la fameuse robe rouge, fendue des deux côtés. Elle a relevé ses cheveux en chignon, mais a quand même des mèches folles qui se promènent sur sa nuque. Luc s'approche d'elle.

— Je sais que tu es triste... mais, crois-nous, ça va te faire du bien !

Le groupe d'amis sort et se dirige vers le port. Hope regarde le paysage et, d'un coup, pousse un petit cri de négation dans la voiture.

— Non ! Je ne veux pas aller au restaurant sur le port, car...

— On sait ce qu'il s'y est passé, on n'ira pas... et puis, nous n'avons pas les mêmes moyens que lui !

Tout le monde rigole et même Hope esquisse un sourire. La voiture roule encore pendant cinq minutes et s'arrête près d'un immense bâtiment. Tout le monde descend, y compris Hope.

— Mais nous sommes où ?

Elle regarde autour d'elle et s'aperçoit que la construction est neuve. Il y a un ponton près du bâtiment et, derrière, amarrés, elle voit quatre bateaux différents. Cela part du simple voilier à un yacht luxueux. Elle rctourne devant la devanture de l'immeuble et se décide à lire le nom de l'entreprise.

— Diamant ? Mais ça veut dire quoi ?

Luc s'approche d'elle, sans un mot, et lui donne des clés.

— Va voir !

Elle entre dans le bâtiment et voit un grand hall, magnifiquement décoré. Elle voit également trois portes devant elle, dont une avec son nom. Elle entre et découvre un magnifique bureau avec tout le matériel nécessaire pour travailler. Elle découvre aussi que tous ses dossiers sont là. Elle sort et s'approche des deux autres portes. Une porte le prénom de Pierre et l'autre est caché par un foulard. Au moment de l'enlever, quelqu'un parle derrière elle, ce qui lui provoque un sursaut.

— Je n'ai jamais pris l'habitude d'étaler ma fortune pour une femme ou pour me rendre intéressant, même durant mon adolescence, je ne l'ai jamais fait. Je ne suis pas comme ça. Mais je te l'ai dit... je pourrais mourir pour toi... Alors, dépenser ma fortune est un détail !

Hope se retourne et fait face à Darren. Elle ne trouve pas les mots pour parler et commence à pleurer en silence. Il s'avance près d'elle.

— Hope, je sais que tu as souffert et je sais que ce n'est pas l'argent que j'ai dépensé pour t'offrir tout ça qui pourra guérir ta souffrance, mais je t'en prie... Pardonne-moi, je ne savais pas ce qu'était un couple, j'ai cru que je pouvais tout gérer seul et je me suis aperçu que ce n'était pas le cas. Je t'en prie, pardonne-moi ! Je t'aime plus que ma propre vie.

Hope ne dit pas un mot, s'approche de Darren, l'attrape délicatement par la nuque et dépose ses lèvres sur les siennes. Le baiser se fait de plus en plus passionné et des applaudissements à l'extérieur se font entendre. Hope les regarde.

— Vous le saviez ?

— Crois-tu vraiment qu'il aurait pu faire ça tout seul ?

Hope lève sa tête vers Darren.

— Et maintenant ? Tu vas repartir ?

Darren s'approche de la dernière porte et enlève le foulard. Hope découvre qu'il s'agit du bureau de Darren.

— Mais cela veut dire que...

— Oui, cela veut dire que mon entreprise a fusionné avec la tienne ! Tu as besoin de services de sécurité quelques fois, alors je serai là et puis... mon meilleur élément a décidé de s'installer ici et... la femme que j'aime habite ici ! Je ne pouvais pas faire autrement.

— Mais... mais... et tout le reste... et... je ne sais plus où regarder ou que dire...

— Alors, ne dis rien, les bateaux que tu as vus sont à nous, à l'entreprise, comme ça, tu peux directement les proposer à tes clients. Je vais t'aider du mieux que je peux ! Tout ce que je veux, c'est rester près de toi et ne plus te quitter, Hope.

Il s'empare des lèvres de la jeune femme et l'emmène dans une vague de tendresse. Elle pose les mains sur son torse et arrête le baiser.

— Je t'aime, Darren.

— Je t'aime, Hope.

Épilogue

C'est un Darren tout en stress qui se retrouve devant l'autel de l'église. Il est très nerveux et se retourne sans arrêt pour regarder ses frères, James, David et Nick. Ces derniers le rassurent comme ils peuvent.

— Calme-toi !

— Elle a un peu de retard !

— Oui, elle va arriver !

Le prêtre s'approche de Darren.

— Cinq minutes de retard, il n'y a pas de quoi s'inquiéter, monsieur.

Darren a peur. Il s'est peut-être trop précipité pour sa demande en mariage, mais... ça fait un an qu'ils sont installés ensemble et, un soir, alors qu'ils travaillaient tous les deux, il s'est dit que c'était le bon moment. Il est entré dans son bureau s'est mis à genoux et lui a demandé de devenir sa femme. Elle a accepté aussitôt. Mais là, maintenant que c'est le jour J, il panique. D'un coup, on entend une voiture arriver et une Nina qui entre paniquée dans l'église, mais en voyant le monde, elle se calme, se recoiffe et va se placer de l'autre côté de Darren, un peu en retrait. Darren la questionne du regard.

— On a crevé ! Mais tout va bien, ne t'inquiète pas !

La musique se lance et c'est au bras de son beau-père, Charles, qu'Hope fait son entrée. Hope a pardonné à son beau-père et sa demi-sœur ce qu'il s'était passé. Cela avait pris du temps, mais ils avaient réussi à se retrouver... Mais là, c'était son moment ! Lorsqu'elle arrive en face de Darren et qu'elle lui prend la main, elle s'aperçoit qu'il a la main moite. Tout de suite, Hope fait le rapprochement avec son autre mariage. Elle se penche vers son oreille :

— Je serai à tes côtés pour toujours, mon Amour !

Darren sourit, se détend et la cérémonie a lieu. Les deux amoureux se jurent amour et fidélité en scellant le tout par un vrai baiser passionné.

*

Plus tard dans la soirée, Nick, qui avait animé le mariage de son frère, décide de s'éclipser discrètement, comme il en a l'habitude. Il monte sur sa moto et regarde tout ce petit monde en pensant à voix haute.

— Je suis heureux pour eux, ils se sont trouvés...

Il démarre sa moto et s'enfonce dans la nuit, en direction d'*El Paso*, son lieu de résidence... mais comme vous vous en doutez... ceci est une autre histoire.

Vous avez aimé votre lecture ?
Découvrez les autres romans des éditions So Romance
disponibles en format papier et numérique.

Aux Délices d'Amsterdam
Tome 1 : Noël Sucré

Tess et Nolan n'étaient pas faits pour se rencontrer. Elle est une femme d'affaires, fragilisée par son ex, Tomás, qui l'a abandonnée à la veille de leur mariage. Il est confiseur, hanté par la mort de sa fiancée et de sa mère. Deux personnes aux passés tumultueux qui vont se croiser par hasard à Amsterdam à l'approche de Noël. Tout semble les opposer... Et pourtant, les artifices de Noël ne cessent de nous réserver des surprises ! Sauront-ils laisser leurs blessures de côté pour que la magie de Noël puisse opérer ?

Hate me! That's the game!
Tome 1 : Coup de foudre

Aileen n'en revient tout simplement pas : après avoir répondu à une annonce sous l'emprise d'une bière, elle va enfin réaliser son rêve... Rencontrer Evan, chanteur des Black Devils ! En bonne fan, elle est folle amoureuse de lui. Toutefois, arrivera-t-elle à charmer le jeune homme qui, en plus d'être beau, sexy et ténébreux, s'avère être fiancé ? Bien que les chances soient minces, Aileen est prête à tout ! Son secret : une bonne dose de provocation, un soupçon de folie, le tout saupoudré de rock'n roll !

Storie
Tome 2 : Volte-Face

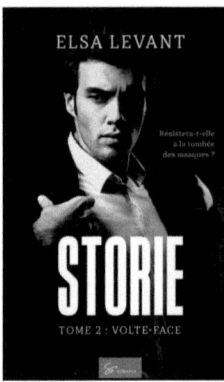

Face à l'aveu de ses sentiments par Poker-faith, Lou Fauris se retrouve traversée par les remords et décide de cesser ce jeu de rôle peu déontologique en fermant le compte de Storie. Toutefois, elle ne s'attendait pas à ce que cette décision soit à l'origine de la ré-apparition, dans son bureau, d'un Frédéric Guerrand plus désarmé que jamais... Lou saura-t-elle donner suite à cette thérapie sans faire tomber le masque ? Arrivera-t-elle à mettre de côté ses sentiments pour laisser place à la thérapeute qui est en elle ?

Alex et Nawelle
Tome 1 : Un amour naissant

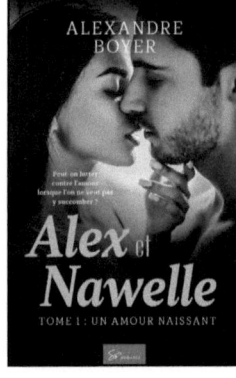

Ne plus tomber dans les pièges de l'amour, rester concentré sur ses trois concessions automobiles... Alex se l'était promis. Il avait même tout fait pour rester fidèle à ce principe : inscription sur un site de ren-contre extraconjugale, relations toujours très courtes... Puis il y a eu Nawelle, femme mariée au sourire irrésistible et à la beau-té orientale. Avec elle, tout est différent, mais Alex reste convaincu : il ne tombera pas amoureux. Toutefois, ne dit-on pas que les bonnes résolutions sont faites pour être transgessées ?

Pour en savoir plus
www.soromance.com

© Éditions So Romance, 2020 pour la présente édition

Éditions So Romance
159 avenue de la Couronne
1050, Bruxelles
www.soromance.com

D/2020/14.771/01
ISBN : 9782390450962

Maquette de couverture : Philippe Dieu
Photo : © Nestor Rizhniak / Shutterstock